W0316987

Carola Saavedra

Blaue Blumen

Carola Saavedra

Blaue Blumen

Roman

Aus dem Portugiesischen
von Maria Hummitzsch

C.H.Beck

Die Arbeit der Übersetzerin
am vorliegenden Text wurde vom
Deutschen Übersetzerfonds gefördert.

Titel der brasilianischen Originalausgabe:
Flores Azuis
Companhia das Letras, 2008
© Carola Saavedra 2008

Für die deutsche Ausgabe:
© Verlag C. H. Beck oHG, München 2015
Umschlaggestaltung: Rothfos & Gabler, Hamburg
Umschlagabbildung: Verschnürte Briefstapel
© Susan Fox/Trevillion Images
Satz: a.visus, München
Druck und Bindung: GGP Media GmbH, Pößneck

Gedruckt auf säurefreiem, alterungsbeständigem Papier
(hergestellt aus chlorfrei gebleichtem Zellstoff)
Printed in Germany
ISBN 978 3 406 67567 6

www.beck.de

19. Januar

Liebster,

eine Trennung, sagt man, ist nie abgeschlossen, kommt nie plötzlich. Man sagt, eine Trennung beginnt mit ihrem Gegenteil. Sie beginnt genau im sanftesten Moment, bei der ersten Begegnung, mit dem ersten Blick. Ich möchte glauben, eine Trennung kennt kein Ende, und der letzte Tag, die letzte Nacht wiederholen sich unaufhörlich, mit jedem Warten, jeder Wiederkehr, immer dann, wenn du mir fehlst, immer dann, wenn ich deinen Namen sage. Ich glaube, wenn ich deinen Namen rufe wie eine Zauberformel, bewirke ich, dass du dich umdrehst und mich ansiehst, und ohne dass du es begreifst, verläuft dann zwischen uns ein Pfad, spannt sich eine Brücke.

Wie aber ruft man einen Menschen, der fortgegangen ist? Einen Menschen, der weit weg ist? Die Distanz zwingt uns zu einem ernsten Ton, einem weniger intimen. Wie aber kann ich einem Menschen gegenüber distanziert sein, der mir gerade noch ganz nah, der eben noch an meiner Seite war, vor Kurzem noch neben mir lag, in meinem Bett, wo man jeden Tag, jede Nacht etwas so Intimes wie die Decken und Laken miteinander geteilt hat, bis der Tag angebrochen ist und nur die Laken zurückgeblieben sind, kalt und nackt, befleckt und von Nacht durchtränkt?

Wie steht man auf aus dem gemeinsamen Bett und geht zur Förmlichkeit über?

Ich stelle mir vor, du bist jetzt in deiner Wohnung, sitzt auf deinem Sofa, in deinem Lieblingssessel oder auf irgendeinem Stuhl, der achtlos an den Tisch in der Küche oder den Esszimmertisch gestellt worden ist. Dort sitzt du wahrscheinlich mit einem Glas Wasser oder einer Tasse Kaffee. Du hältst diesen Brief in der Hand und wunderst dich, fragst dich, vielleicht verärgert, wozu das jetzt, du hast dich doch längst getrennt, bist gegangen, warum so weitermachen, warum solltest du noch mal gehen, wieder und wieder, das könntest du dich fragen. Die Antwort ist, ich weiß es nicht, aber vielleicht, um etwas zu retten, etwas, das nicht zu retten ist, warum sonst? Vielleicht ein Versuch, dich davon abzuhalten, dass du aufstehst, das Fenster schließt, auf einen Schalter drückst oder gar ans Telefon gehst; das Telefon, das klingelt; der Wind, der wütet; jemand, der dir von einem anderen Balkon aus zuwinkt, wieder das aufdringlich klingelnde Telefon, aber du bleibst sitzen, fremd und stumm, diesen Brief in den Händen, in deinen Händen, die ich so sehr fürchte und die ich mir jetzt herbeiwünsche, liebevoll und sanftmütig, nur das Weiche oder Raue dieser Seiten und das Kräuseln der nicht zu erkennenden Fasern, die immer wieder neu entstehen und sich dann zersetzen, eine ständige Bewegung. Aber vielleicht lässt sich wirklich nichts mehr retten.

Vielleicht ist alles unrettbar verloren, alles, nicht nur die Vergangenheit und das, was an Erinnerungen verloren geht, sondern auch die Gegenwart, das Jetzt, das so lebendig scheint, so konkret. Selbst wenn ich wollte, selbst wenn ich mich anstrengen würde, selbst wenn du es tätest. Das ist doch traurig, findest du nicht? Ich versuche, mir den Ausdruck auf deinem Gesicht vorzustellen; mir dein Gesicht vorzustellen, deinen Mund, deinen Blick in diesem Moment, in genau diesem Augenblick, der nichts weiter ist als ein Raum, der uns trennt, die Distanz zwischen deinen und meinen Händen, zwischen meinen Fingern, die über die Tasten dieses Geräts huschen, und deinen, die über die Textur des Papiers streichen. Du in deinem Sessel, auf einem Stuhl oder dem Sofa; die Wohnung, die ich so gut kenne, die Buchstaben, die Wörter, die ich wähle, die Verknüpfung der Wörter; die Verknüpfung, die immer wieder eine andere ist, die von der Zeit gelöst wird, vom steten Älterwerden. Wie lässt sich die Entfernung überwinden, die uns trennt? Diese Kluft zwischen dem, was ich schreibe, und dem, was du liest, diesem Augenblick, der nie kommt, den es nie gibt.

Ich denke an den Ausdruck auf deinem Gesicht, jetzt und früher, wenn ich dich ab und zu etwas gefragt habe, auch irgendwelchen Unsinn, zum Regen, dem Tag, der Straße, wie angespannt du geschaut hast, wie nachdenklich. Ich denke daran, wie sinnlos es war, ständig irgendetwas zu fragen, ohne dass ich damals verstanden hätte, dass es mir gar nicht um eine Antwort ging und ich nur gefragt habe, um etwas zu fragen, aus dem Bedürfnis heraus, eine Bestätigung dafür zu haben, dass du bei mir warst, dass meine Hand darum die deine suchte, nach irgendeiner Zärtlichkeit verlangte, irgendeiner Liebkosung von dir. Weil ich dich bei mir haben wollte. Wie ein Kind, das auf der Suche nach seiner Mutter durchs Haus streift, der Mutter, die auf einmal verschwunden ist, einfach so, ohne Bescheid zu sagen, weil man gar nicht immer Bescheid sagen kann; auf der Suche nach der Mutter, die in die Küche gegangen ist, ins Schlafzimmer oder gar auf den Balkon, weil sie wissen will, wie das Wetter ist, oder jemandem winken möchte, der Mutter, die plötzlich zu jemandem wird, der nicht da ist, zu jemandem, der verschwunden ist. Also bleibt nur noch die Welt des Kindes und die Abwesenheit und jemand, der irgendetwas im Dunkeln sucht, irgendeine Zuwendung, und den Versuch unternimmt, sich ständig rückzuversichern, das Kind, das nur kennt, was es auch verstehen kann. Ja, ich bin genauso, auch für mich existiert nur, was ich verstehen kann. Und auch wenn du versuchen würdest, es zu verbergen, wäre es, als ob du gar nicht da wärst, als würdest du dich ständig in einem anderen Zimmer aufhalten, in der Küche oder auf dem Balkon, und jemandem winken, der gerade vorbeikommt und den ich nicht kenne.

Darum meine Beharrlichkeit, darum dieser Brief. Darum du, wenn auch nur für einen Augenblick, wenn auch nur als Schatten, als eine Bewegung, und ich, die sich erschrocken umdreht, sich umschaut, sich vorstellt, du wärst da, unerwartet und auf unerklärliche Weise. Denn es gibt etwas, das ich dir sagen will, etwas, das zurückgeblieben ist in der leeren Wohnung, ein unvollständiger Satz oder irgendeine Auslassung, als ob Auslassungen irgendetwas bedeuten könnten oder weil Auslassungen das bedeuten, was wir wollen. Denn es gibt etwas, das nicht vollendet wurde. Etwas, das noch kommt. Weil manches erst nach und nach in Erscheinung tritt. Wiederholt werden muss, ein ums andere Mal. Eine Trennung.

Ich habe die Wohnung seit Tagen nicht verlassen, das habe ich dir schon erzählt, oder? Um es noch dramatischer zu machen, könnte ich dir auch erzählen, dass ich seit Tagen nichts gegessen, nicht geduscht und mich nicht gekämmt habe. Erinnerst du dich an meine Haare, die du am liebsten offen gesehen hast, für die du mir immer Komplimente gemacht und gesagt hast, sie seien wie ein dunkler Vorhang, so dunkel wie ein Vogel, dunkel wie die Nacht? Kann es sein, dass du das gesagt hast? Nein, so etwas würdest du nie sagen. Aber nein, ich werde dir nicht erzählen, dass ich leide, wozu auch? Ich erzähle dir lieber von anderen Dingen. Kann es sein, dass ich etwas Wichtiges vergesse? Vielleicht, eigentlich habe ich schon immer vermutet, dass wir dazu neigen, das Allerwichtigste zu vergessen, vielleicht weil es sich um etwas handelt, das einer ständigen Wandlung unterliegt, weil das Wichtigste immer wieder zu etwas anderem wird, das uns entwischt. Wie dieser Raum, von dem ich gesprochen habe, die Kluft zwischen dem, was ich schreibe, und dem, was du liest. Etwas, das stört, ohne dass es je eine Form annähme. Wie gefährlich es werden könnte, wenn es eine Form annähme, eine Struktur, die etwas aussagt und bleibt, die eine Zeugin, ein Signal wäre. Wie gefährlich es doch werden könnte, wenn die miteinander verknüpften Wörter und die nicht erkennbaren Fasern des Papiers eine Form annähmen. Wenn es aber ungefährlich ist, kann ich dir auch von gestern erzählen, dir zum Beispiel ein Geheimnis verraten oder einen sehr intimen Wunsch, etwas, womit ich mich dir zeige. Ich könnte zum Beispiel zu dir sagen: gestern. Gestern habe ich an dich gedacht, an deinen Mund auf meinem Mund, an deine Hände in meinen Haaren und an deinen Körper neben meinem. Erinnerst du dich? Dein Körper neben meinem und alles, was er in mir auslösen konnte. Die leichte Berührung deiner Haut, die Sanftheit und Rauheit deiner Haut. Mein unruhiger Atem, genau wie jetzt in diesem Augenblick, da ich dir schreibe und mich erinnere, erinnerst auch du dich? An unsere fiktive Geografie. Dein Körper neben meinem. Deine fordernde Kraft, der leicht trockene Ton deiner Stimme, das Liebevolle darin, und jetzt höre ich neben mir an meinem Ohr deine Stimme, erinnerst du dich? Deine Hand in den entlegensten Winkeln, den empfindlichsten Bereichen, erinnerst du dich? Mein Körper im Fall, wie jetzt, weil er dir gehörte, deine Hand, die mich abtastete, deine Finger, hat es das wirklich gegeben, deine Hand, die mir auch Angst einjagte und an der Innenseite meiner Schenkel entlangfuhr, meinen Bauch und meine Taille umfasste, deine Stimme, die mir den Nacken küsste, deine Stimme hinter mir, und ich, die ich mich verlor und wiederfand, in dir, so wie jetzt, als würde mein Inneres nur aus Wasser und Himmel bestehen. Deinen Namen zusammen mit meinem, mein Name, dein Verlangen, und ich, erregt und in Auflösung begriffen; wie ich Ja sagte, sagte, ich gehörte dir, sei deine Frau, sei, was du wolltest.

Aber vielleicht erinnerst du dich gar nicht daran, vielleicht bleibt von alldem nur eine unvollkommene Geste, nur ein Zweifel. Vielleicht willst du diese ganze Enthüllung gar nicht, diese ganze Intimität. Diese Maßlosigkeit an Worten. Vielleicht. Also trete ich einen Schritt zurück und fange noch einmal an: Gestern. Gestern bin ich in die Videothek hier gleich um die Ecke gegangen, hier in der Nähe meiner Wohnung, meines Betts und der nackten Laken. Und dann könnte ich, endlich in eine Form gebracht, sagen: Erinnerst du dich an den letzten Tag? Als wir gleich am Morgen zusammen in die Videothek gegangen sind, du meine Hand zurückgewiesen hast, weißt du noch, was du beim Betreten der Videothek zu mir gesagt hast? Es war Sommer, es war heiß, wir liefen nebeneinander, haben uns über das Abendessen am Tag zuvor unterhalten, über etwas, das vorgefallen war und dich gestört hatte, so war es doch, oder?, unsere Stimmen wurden vom Lärm der Autos fast verschluckt, überall eilten Leute mit ihren Zeitungen, frischem Brot und eben eingekaufter Milch entlang. Es war ein Samstag, und wir betraten die Videothek, der Videothekar stand an der Kasse und nahm kaum Notiz von uns, die wir gerade hereingekommen waren, erleichtert von der plötzlich eingetretenen Ruhe und der kühlen Luft. Du hast dich ein Stück weiter umgesehen, ich bin stehen geblieben und habe die Regale nach einem Film abgesucht, den ich dir schon lange hatte zeigen wollen, einen ganz besonderen Film, sagte ich geheimnisvoll, ohne dass du mich beachtet hättest, du bist weitergegangen, hast irgendwas über den Vorabend gesagt, über das Essen, also habe ich weiter die Regale abgesucht, ich möchte dir gern diesen Film zeigen, habe ich noch einmal gesagt und dir die Hülle hingehalten und habe gesagt, die Hauptfigur sei dir sehr ähnlich, sogar der Schauspieler sähe dir ähnlich, ob du das nicht auch fändest? Du bist stehen geblieben, auf einmal ernst geworden, hast nichts gesagt, nur die Hülle in der Hand gehalten, stumm. Dann hast du gefragt, ähnlich?, inwiefern?, und du hattest so einen konsternierten Gesichtsausdruck, den ich nicht verstanden habe. Inwiefern? Dein Blick war nicht nur distanziert, wie manchmal, sondern verschloss sich immer mehr, verbarg ein Flackern, die Enthüllung eines Geheimnisses. Keine Ahnung, habe ich gesagt, und ich weiß noch, dass du, noch bemüht, deine Wut und Aggression zu unterdrücken, woher kamen die eigentlich?, gesagt hast, inwiefern?, und das mit Nachdruck, und ich habe, um überhaupt etwas zu sagen, geantwortet, so, wie manchmal eine Person einer anderen ähnelt, die man schon mal irgendwann und irgendwo gesehen hat, wobei man innehält und denkt, Mensch, die kennt man doch von irgendwoher, ohne je herauszufinden, woher. Ein Déjà-vu, sagte ich abschließend. Du hast dir sorgfältig das Bild auf der Hülle angesehen, das Foto des Schauspielers, eines dunkelhaarigen Mannes mit einem schönen, wenn auch kantigen Gesicht, das einen Kontrast bildete zu der blonden, extrem zarten Frau, die auf einem Bett lag. Du hast nicht lockergelassen, was willst du damit sagen?, hast du aggressiv nachgehakt. Und ich, die ich gar nichts damit hatte sagen wollen, weil das Ganze nichts zu bedeuten hatte, weil ich das einfach nur so dahingesagt hatte, fragte, warum muss eigentlich immer alles eine Bedeutung haben? Du hast gesagt, du würdest den Film gut kennen, und nein, es gäbe überhaupt keine Ähnlichkeit zwischen euch, weder zwischen dir und der Hauptfigur noch zwischen dir und dem Schauspieler mit dem schönen, aber kantigen Gesicht. Ich lächelte gequält und drehte das Gesicht ganz langsam in die andere Richtung, meine Art, unbemerkt zu flüchten. Wie so oft, denke ich jetzt, von Anfang an, unserem Anfang, war da dieser Hass in dir, diese Wut, warum?

Du hast mich am Arm aus der Videothek gezerrt. Ich habe meinen unruhigen Atem gespürt, gehetzt. Erst wollte ich noch zurückrudern, sagen, dass das alles gar nichts zu bedeuten habe, dass ich es nur so gesagt hätte, und dann vielleicht wütend, dass ich es nur gemacht hatte, weil es mir so in den Sinn gekommen war, ich den Film eben so verstanden habe, verstehst du?, aber dann hast du meinen Arm ungewöhnlich fest gepackt, ein Gefühl, als würde das Blut nicht länger zirkulieren, als wäre mein Arm nur eine Art Fortsatz. Ich hatte das Gefühl, als würdest du mich auf einmal hassen und mir sehr wehtun wollen, ja, genau so war es, als wolltest du mir sehr wehtun. Und dann hast du, die Finger noch tiefer in meinen Arm gekrallt, irgendetwas gesagt, das ich nicht verstanden habe, du hast mit einem Blick ins Leere gesprochen, und ich kann mich nur noch an das Ende deines Satzes erinnern, jetzt nicht, hast du verstanden? Ist das klar? Das hast du zu mir gesagt und ich habe gespürt, wie mein ganzer Körper auf einmal zu zittern begann, fügsam, zerbrechlich, sich unter der Kraft deiner Hand krümmte, mein ganzer Körper, der Druck deiner Finger, und du, wie du zwischen deinen aufeinandergepressten Lippen hindurch gezischt hast, jetzt nicht, verstanden?

Später auf der Straße waren unsere Schritte schnell, du hast an mir gezerrt, als wolltest du mich zu Boden reißen, und ich bin mitgegangen, angetrieben von einer unerklärlichen Kraft, die dein Wille war, die du warst. Eine Unachtsamkeit, die ich nicht verstand, wie konnte ich etwas gesagt haben, ohne dass ich es gesagt hatte? Ich wusste, dass ich mich jederzeit hätte wehren können, hätte schreien können, dort mitten auf der Straße, untröstlich hätte weinen können, über etwas, von dem ich nicht verstand, was es war, aber von dem ich wusste, dass ich es nicht rückgängig machen konnte. Aber nein, so lief es nicht ab, seltsam, so war es nie, ich weinte nicht, schrie auch nicht, sagte kein einziges Wort, deine Finger krallten sich weiter in meinen Arm, deine Schritte waren schnell und resolut. Unser letzter Tag. Erinnerst du dich?

Ich erinnere mich, auch jetzt wieder. Trotz des Wartens, der Zeit und des Abstands, die uns trennen. Es gibt immer ein Wort, das uns verbindet. Meine Finger huschen über die Tasten, jetzt in diesem Augenblick. Du sitzt lesend auf dem Sofa oder einem Stuhl oder im Sessel, auf der Seite, die ich nicht kenne, jetzt in diesem Augenblick. Dieses Wort, das uns verbindet.

A.

I.

Als er den Brief zu Ende gelesen hatte, steckte er ihn wieder in den Umschlag und legte ihn auf den Tisch, blieb eine Weile reglos stehen, fühlte sich seltsam, ja, unbehaglich. Er sah zu dem kleinen Mädchen, das auf dem Teppich lag und malte; der Regen wollte einfach nicht aufhören. Er nahm sich fest vor, den Brief und diese ganze Geschichte zu vergessen. Dann überlegte er, wie man ein Kind an einem Regentag beschäftigen könnte, ob er eine Pizza bestellen sollte, dachte dann aber, dass es fürs Mittagessen noch zu früh wäre. Er überlegte, seine Exfrau anzurufen und ihr ein Mittagessen zu dritt vorzuschlagen. Aber nein, das würde er nicht tun. Sie würde es falsch verstehen, und für ihn war es gut, wie es war. Er dachte daran, Fabiane anzurufen, die auf seinen Anruf ganz überschwänglich reagieren würde. Aber nein, da die Kleine dabei war, würde jedes Treffen wie eine Einladung wirken, wie eine Möglichkeit, Familie zu spielen. Dann dachte er wieder an den Brief, immer noch leicht durcheinander, hatte er doch im Grunde den Brief eines anderen Menschen gelesen, sich Zugang zur Intimität einer anderen Person verschafft, er fühlte sich belästigt und war zugleich fasziniert von dem Brief, der ihm nicht gehörte. Das hätte er sich nie vorstellen können, dass er einen Brief öffnen würde, der nicht für ihn bestimmt war, und jetzt diese Indiskretion und Neugierde, wegen eines Details, das seine Aufmerksamkeit erregt hatte, vielleicht der hellblaue Umschlag, die mit schwarzer Tinte geschriebenen Buchstaben, der Füllfederhalter. Das war ihm sofort aufgefallen, und er hatte sich daran erinnert, als Kind einen Füller gehabt zu haben, ein Geschenk von seinem Großvater, und es war ihm merkwürdig vorgekommen, dass es noch Menschen gab, die mit einem Füllfederhalter schrieben, überhaupt Briefe schrieben. Anstelle des Absenders stand nur der Buchstabe A. Keine Adresse, nichts. Von Anfang an, noch eher er den Brief geöffnet hatte, war A. in seiner Vorstellung eine Frau gewesen, vielleicht wegen des Buchstabens, schön und geschwungen, vielleicht wegen des Briefs an sich, und in dem Augenblick hatte er sich vor sich selbst damit gerechtfertigt, keine Möglichkeit zu haben, den Brief zurückzuschicken, an wen denn?, also hatte er ihn auf der Suche nach einem Hinweis geöffnet, nach einem Namen, einer Adresse, dachte er, wie um sich zu entschuldigen. Seine Gedanken kreisten noch eine Weile um den Brief, bis das Mädchen auf einmal nach ihm rief:

«Papa?»

«Ja, Manuela, was denn?»

«Guck mal, Papa!»

Das Mädchen kam mit einem Blatt Papier auf ihn zugelaufen.

«Guck mal, Papa, was ich gemalt hab.»

Er nahm das Bild, betrachtete es aufmerksam, eine kreisförmige Figur und ein paar undefinierbare Kringel, die daneben verliefen, leicht unentschlossen hielt er das Bild in den Händen, sah anscheinend ratlos aus, weshalb das Mädchen auf etwas zeigte und sagte:

«Da, Papa.»

«Wie hübsch, meine Kleine, bin ich das?»

«Nein, Filipe.»

«Ach so, Filipe, sehr hübsch, das hast du wirklich schön gemacht.»

Ein Anflug von Eifersucht überkam ihn, na klar, Filipe, wer sonst, selbst der Kater war wichtiger als der eigene Vater, schoss es ihm durch den Kopf. Aber gleich darauf kam es ihm selbst lächerlich vor, sich mit dem Kater auf eine Stufe zu stellen. Die Kleine kam auf ihn zu und streckte die Hand aus.

«Papa, ich.»

«Was willst du haben, das Bild?»

«Ja.»

Er gab ihr das Blatt zurück; dachte weiter an Filipe, den Kater, den das Mädchen gleich nach der Trennung geschenkt bekommen hatte, einen Kater mit hervorquellenden schwarzen Augen. Seine Exfrau hatte, um das Mädchen für eine eventuelle Traumatisierung zu entschädigen und um es abzulenken, das Tier besorgt, einen Kater mit dem Namen eines Menschen. Den Namen hatte es ihm gegeben, das Mädchen, es hatte ihn ausgesucht, warum es ausgerechnet dieser Name hatte sein müssen, Filipe, das hatte er nie verstanden; Kindersache, hatte seine Frau ironisch lächelnd gesagt. Gut, alles klar, Filipe. Keiner hatte ihm davon erzählt, keiner hatte ihn nach seiner Meinung gefragt. Seiner Exfrau gelang es, dass er sich wie ein Fremder fühlte. Er betrachtete das Mädchen, die roten Haare, die weiße Haut, die Locken, drei Jahre war es alt, kaum zu fassen, wenn er darüber nachdachte; er war der Vater eines dreijährigen Kindes, wie war das möglich?, fragte er sich manchmal ungläubig. Vater zu sein, das war, als würde man eines Tages auf einem fremden Planeten erwachen, einfach so, ohne Vorwarnung, ohne Vorbereitung, ohne irgendwas. Man wachte eines Tages auf wie immer, und schwups war man Vater, mit allem, was von einem Vater erwartet wurde. Eigentlich hatte er sich nie daran gewöhnt. Und jetzt war sie da, war am Wochenende bei ihm. Er hatte versucht zu erklären, dass er keine Zeit hätte, die Arbeit und so, aber seine Exfrau hatte ihm sofort Vorwürfe gemacht, vergiss nicht, sie ist auch deine Tochter. Er hatte es nicht vergessen. Bald schon würde die Kleine keine Lust mehr haben zu malen, draußen regnete es, bei Sonnenschein hätten sie wenigstens an den Strand gehen können; er musste überlegen, was es zu essen geben sollte. Pizza.

«Manuela, was hältst du davon, wenn wir beide eine Pizza essen gehen?»

Die Kleine hörte gar nicht hin, war ganz in ihr Bild vertieft. Er sprach nicht weiter, wusste nie, was er zu seiner Tochter sagen sollte, und fühlte sich immer von ihr misstrauisch angesehen, die ersten Male hatte sie sogar geweint, wenn ihre Mama gegangen war. Er fühlte sich schrecklich, die Kleine hatte etwas gegen ihn. Seine Exfrau erklärte ihm, das läge daran, dass er etwas gegen den Kater habe. Und es stimmte, er hatte tatsächlich etwas gegen den Kater, er hatte noch nie ein Haustier gehabt, weder Katze noch Hund, weder Hamster noch Papagei, diese ganzen Tiere, die nur Geld kosteten und Arbeit machten, er hätte gar nicht gewusst, was er mit einer Katze hätte anfangen sollen, aber seine Exfrau hatte es geschafft, ihm Schuldgefühle einzuflößen, weil er keine Katze wollte, die die Wohnung verdreckte. Es war sehr kompliziert, Vater zu sein. Wer garantiert denn, dass Kinder ihre Eltern gernhaben?, dachte er traurig. Kinder sollten mit einer Bedienungsanleitung kommen. Schwangere auch. In der Schwangerschaft war er mit seiner Frau zu einem Geburtsvorbereitungskurs gegangen, wo die Männer stolz die Bäuche ihrer Partnerin gestreichelt hatten. Diese riesigen

Bäuche, völlig unproportional. Und mittendrin er, der sich wie Falschgeld fühlte, von vorne bis hinten. Er konnte ihn nicht schön finden, den Bauch, und auch seine Frau nicht mit den geschwollenen Beinen und dem runden Gesicht, sie kam ihm fremd vor, als würde er sie nicht kennen oder als würde sie die ganze Zeit etwas vor ihm verbergen. Seine Frau beschwerte sich, sagte, er wäre distanziert, würde ihr keine Aufmerksamkeit schenken, sich nicht für die Schwangerschaft interessieren, für das Baby, er würde sie nicht einmal berühren. Aber letztlich hatte ihn keiner nach seiner Meinung gefragt. Eines Tages war sie schwanger aufgetaucht, glücklich, hatte ein ganz besonderes Abendessen gemacht, nur um es ihm zu sagen, schwanger und glücklich, ein strahlendes Lächeln auf den Lippen, dann ihre Tränen, als sich sein Lächeln als nicht so strahlend erwies wie das ihre. Frauen hatten das, dachte er, dass sie sich keine Gedanken machten, wenn sie etwas wollten, nicht fragten, es einfach machten und danach völlig enttäuscht waren, wenn die anderen ihre Begeisterung nicht teilten. Das Mädchen malte noch immer.

«Manuela, hast du keinen Hunger? Komm, wir gehen eine Pizza essen, Schinkenpizza, die magst du doch so, hast du keine Lust?»

«Nein.»

Die Kleine schüttelte den Kopf, als müsste sie dieses Nein mit einer Geste unterstreichen. Auf dem Boden liegend, die bunten Stifte überall im Wohnzimmer verteilt, einen Malblock vor sich, den er ihr geschenkt hatte, konzentrierte sie sich auf ein weiteres Bild von Filipe.

Noch einmal nahm er den Brief in die Hand. Er war am Morgen gekommen. Er war gerade erst aufgestanden, hatte die Zeit nutzten wollen, in der die Kleine noch schlief, hatte sich ein T-Shirt angezogen, Shorts und Flip-Flops, hatte sich einen Regenschirm geschnappt und war runtergegangen, um etwas fürs Frühstück einzukaufen. Den Briefkasten hatte er nicht mal mit einem flüchtigen Blick bedacht, erst auf dem Rückweg hatte er sich daran erinnert, etwas im Internet bestellt zu haben. Es war noch nicht da. Dafür aber der Brief.

Ein hellblauer Umschlag, auf dem in geschwungener und akkurater Handschrift der Name von jemandem stand, der nicht er war, darunter die Adresse, die seine war, völlig korrekt, weiter oben auf dem Umschlag eine Gedenkbriefmarke, irgendetwas Unlesbares, der Poststempel, das Datum vom Vortag, und dort, wo der Absender hingehörte, nur ein A.; keine Adresse, kein weiterer Hinweis. Er konnte sich nicht einmal daran erinnern, wann er das letzte Mal einen Brief bekommen hatte, vielleicht als Kind, als Jugendlicher, vielleicht hatte er auch nie einen Brief bekommen, fand das sogar in gewisser Weise lustig, dass es wirklich der erste Brief sein könnte. Aber selbst wenn es tatsächlich der erste sein sollte, so war er doch nicht an ihn adressiert, dachte er, während er ihn in den Einkaufsbeutel gleiten ließ.

Er betrat die Wohnung, schloss die Tür hinter sich und legte alles auf dem Tisch ab. Sicher schlief die Kleine noch. Er griff nach dem Umschlag und untersuchte ihn erneut; er war schwer, der Brief musste lang sein, dachte er. Dann legte er ihn auf den kleinen Tisch neben dem Telefon und die Post der letzten Tage, ging in die Küche, setzte Wasser auf und deckte den Tisch, für den Fall dass die Kleine bald aufwachte, stellte alles hin, was er gekauft hatte, Brot, Käse, Marmelade; er selbst aß nur selten etwas vor zwölf Uhr, aber mit dem Kind hatte sich alles verändert, seine Exfrau wurde nicht müde, ihm immer neue Anweisungen zu geben und zu betonen, dass das Mädchen gesund essen müsse, nicht so viel Mist. Als der Kaffee fertig war, nahm er sich eine Tasse und ging damit ins Wohnzimmer. Er griff nach dem Brief und setzte sich an den Tisch. Natürlich dürfte er keinen Brief öffnen, der nicht für ihn bestimmt war. Aber es könnte etwas Wichtiges sein, dachte er. Ganz sicher war es etwas Wichtiges. Es war ja kein anonymer Brief, und vielleicht wusste der Empfänger sehr gut, wer A. war. Wer würde sich in der heutigen Zeit noch die Mühe machen, einen echten Brief zu schreiben? Wahrscheinlich eine Frau. Außerdem war da ja auch diese geschwungene Handschrift. Aber andererseits, wer sagte denn, dass das hier ein Brief war, es konnte alles Mögliche sein, ein Dokument oder auch ein Zeitungsausschnitt. Aber aus irgendeinem Grund war er sich von Anfang an sicher gewesen, dass es ein Brief war. Im selben Maß, wie sich diese Gedanken Bahn brachen, stellte sich ein gewisses Unwohlsein ein, das Bild von alten Damen, die am Fenster hockten und beobachteten, wo man herkam, wo man hinging, oder das Bild von Zeitungen, die am Kiosk ausgestellt wurden. Das Beste war, das Ganze einfach zu vergessen. Den Umschlag dem Portier zu übergeben, der würde wissen, was zu tun war, sehr wahrscheinlich war der Adressat sein Vormieter, schließlich war er erst vor Kurzem eingezogen, der Portier dürfte wissen, wer das war, wie er ihn finden könnte, und wenn er es nicht wüsste, würde der Portier den Brief aufbewahren, bis jemand auftauchte, oder ihn wegschmeißen. Er legte den Brief wieder auf den Tisch und schnappte sich die Zeitung.

Als die Kleine wach wurde, war er schon bei seiner zweiten Tasse Kaffee. Noch ganz verschlafen kam sie ins Wohnzimmer getapst.

«He, Manuela, guten Morgen.»

Die Kleine antwortete nicht, ging zum Fernseher, schaltete ihn ein und setzte sich aufs Sofa, noch immer ganz benommen.

Auf dem Bildschirm waren phantastische Wesen zu sehen, Mischwesen, Chimären, nichts, was er erkannt hätte.

Wären die Trickfilme dieselben wie früher, wäre der Austausch mit den Kindern viel einfacher. Es würde sofort ein Gespräch entstehen, ganz natürlich, eine Mischung aus Begeisterung und Nostalgie, ohne diese Angst und dieses Bemühen, etwas anzubieten, das das Kind interessierte. Ohne einen Kater halten zu müssen, der die Wohnung verdreckte. Eigentlich hätte es Kurse geben müssen, in denen man lernte, wie man am besten mit Kindern redete. Aber an solche Sachen dachte niemand.

«Na komm, Manuela, wir essen jetzt erst mal Frühstück.»

Die Kleine antwortete nicht, ihre Blicke klebten am Fernseher.

«Auf geht's, danach kannst du den Trickfilm zu Ende anschauen.»

Die Kleine ignorierte ihn, dachte er recht ungeduldig, ob alle Kinder so waren? Was sollte er tun, sie zwingen, sich mit ihm an den Tisch zu setzen, mit ihr streiten, autoritär werden, eine Haltung, die er selbst so oft kritisiert hatte? Wenn sie anfangen würde zu weinen, wäre das zweifellos noch schlimmer, auch wenn sie selten weinte. Sie war ein untypisches Kind, man hatte wenig Arbeit mit ihr, aber sie hatte diesen Blick, herausfordernd, bei dem er sich unwohl fühlte, unpassend. Wie konnte ein dreijähriges Mädchen dieses Gefühl in ihm auslösen? Die eigene Tochter! Als würde sie etwas von ihm erwarten, etwas, von dem er nicht wusste, was es war, und das er ihr nicht geben konnte. Er fühlte sich schuldig, vielleicht war es das, dachte er, das Schuldgefühl. Es war ihm lieber, allein in die Küche zu gehen, dort machte er eine Tasse Kakao. Er kehrte damit zurück und versuchte es diesmal besonders freundlich.

«Hier, Manuela, trink das.»

Die Kleine hörte auf ihn, nahm die Tasse und trank, er überlegte noch, sie zu ermahnen, danke zu sagen, ließ es dann aber sein. Schließlich war es nicht nur ihre Schuld, da war auch noch ihre Mutter, seine Exfrau, die ihr das nicht beibrachte. Bei der nächsten Gelegenheit würde er ihr das sagen. Gleich, so sein Gefühl, würde das Mädchen die Tasse auf dem Sofa verschütten. Abgelenkt vom Rest der Welt. Er widmete sich erneut seiner Zeitung. Zwischendurch musste er immer wieder an den Brief denken. So verbrachte er den ganzen Vormittag. Die Kleine sah fern, die Tasse halb leer auf dem Tisch in der Mitte, er las Zeitung und überlegte, ob er den Brief nun öffnen sollte oder nicht. Schließlich öffnete er ihn. Er griff nach dem Umschlag und setzte sich an den Esstisch. Das Mädchen hatte das Fernsehen aufgegeben und beschlossen zu malen, verteilte die Buntstifte überall auf dem Teppich, legte auch den Block dorthin. Ganz vorsichtig öffnete er den Umschlag. Weißes Papier, fünf am Computer geschriebene Seiten, und unwillkürlich suchte er sofort nach der Unterschrift, auch diese war eingetippt, bestand allein aus dem Anfangsbuchstaben; er fand es seltsam, dass der Brief nicht handgeschrieben war, denn wofür machte sich jemand die Mühe, extra zur Post zu gehen, wenn nicht für diese Intimität, die eigene Handschrift, die kleinen Offenbarungen wie auf dem Umschlag, dachte er und fühlte sich seltsam betrogen, dieses Vertrauen, die geschwungene Handschrift selbst wurde ihm verwehrt. Dieselbe, mit der jemand seine Adresse auf den Umschlag geschrieben hatte, und dieser Name, der nicht seiner war. Die schwarze Tinte auf dem blauen Umschlag, Tinte aus einem Füllfederhalter, das sah man, kein Kugelschreiber, vielleicht war es das, dieses Detail, das hatte er sofort bemerkt, den Füllfederhalter, die Finger, die dann unweigerlich beschmiert waren, vielleicht daher seine Neugierde. Er müsste handgeschrieben sein, dachte er ziemlich enttäuscht. Er las die ersten Zeilen des Briefs, der an jemanden gerichtet war, der darin «Liebster» genannt wurde. Es war ein Liebesbrief.

20. Januar

Liebster,

den ganzen Tag über habe ich an den Brief denken müssen, den ich dir geschrieben habe, an deine Reaktion. Ob du ihn gelesen, ja, den Umschlag nervös schon im Fahrstuhl geöffnet hast? Oder hast du ihn vielleicht weggeschmissen, noch bevor du in die Wohnung zurückgekehrt bist, der Umschlag noch verschlossen? Oder hast du ihn zerrissen, die Schnipsel in den Mülleimer auf dem Gang geschmissen, zusammen mit anderem Papier, Werbung, Prospekten und Zeitungen, all dem Zeug, das keiner will? Oder hast du den Umschlag vielleicht einfach ungeöffnet auf dem Tisch liegen lassen und heute ist schon der Folgetag und der Umschlag liegt weiter stumm da auf dem Tisch? Ich habe den ganzen Tag daran denken müssen. Und wenn du ihn tatsächlich gelesen hast, nach Hause gekommen bist, den Umschlag geöffnet und ihn gelesen hast, was ist wohl dann passiert? Hast du mich vielleicht gehört? Hast du es womöglich verstanden, sogar das, was dich von dem Erzählten am meisten überrascht hat? Hat es dich uns vielleicht nähergebracht? Die Erinnerungen, die Befreiung von etwas, das uns gehört, etwas, das dadurch wieder existiert, oder bin das vielleicht nur ich, alles ich, das Verlangen, das Schreiben, das Lesen? Kann es sein, dass ich dich rufe, du aber weitergehst, ohne dich auch nur einmal umzudrehen? Ich frage mich weiter, ob es dort auf der anderen Seite, wo du dich befindest, vielleicht etwas gibt, das dich festhält?

Kann es sein, dass er dich verärgert hat, du mich jetzt sogar hasst, noch mehr? Weil ich dich an diesen Tag erinnere, den letzten, an unseren Besuch in der Videothek, dich zwinge, dich zu erinnern, dich unentwegt frage, weißt du noch? Weißt du noch? Und weil du das vielleicht gar nicht willst. Vielleicht ist es dir lieber, einfach weiterzumachen, in die Zukunft zu schauen, die vor dir liegt. Vielleicht denkst du, eine Trennung ist ein Ende, kein ewiger Augenblick, wie ich es gern glauben möchte. Du, der du immer ein anderer bist und durch die Straßen läufst, ohne dich noch einmal umzudrehen. Vielleicht hasst du mich jetzt sogar, vielleicht hasst du mich noch mehr und wirst diesen zweiten Brief gar nicht lesen, vielleicht liest du nie wieder etwas von mir. Aber selbst dann ist da die Hoffnung, dass du zurückkommst, vielleicht bleibt diese Hoffnung sogar die ganze Woche oder sogar Monate, Jahre, der Umschlag ist dann schon ganz vergessen, irgendwo hingeworfen, Wochen, Monate, Jahre, bis sich der Brief vielleicht irgendwann, aus Versehen oder aus mangelnder Vorsicht, durch eine unbedachte Bewegung, öffnet, und mit ihm die ganze Welt darin. Und dich unentwegt fragt: Weißt du noch? Und selbst wenn ich mich irre und du einen Brief nach dem anderen wegschmeißt, entschieden und unerbittlich, diesen Brief und alle, die noch kommen. Ja, warum sollte es weitere Briefe geben? Wie viele? Ich weiß es noch nicht. Aber es wird weitere geben, jeden Tag, in deinem Briefkasten, jeden Tag werden sie auf dich warten, der verschlossene Umschlag mit all seinen Lesarten und Möglichkeiten. Aber selbst wenn du sie wegwirfst, einen nach dem anderen, wird es immer diesen verschlossenen Briefumschlag geben und die Erwartung des verschlossenen Briefumschlags und seine eigene Sprache.

Aber ich möchte mir lieber vorstellen, dass die Dinge anders sind. Ich stelle mir lieber etwas viel Schlichteres vor, du, wie du jetzt dasitzt, im Sessel, auf einem Stuhl oder auf einem Sofa, dieser Brief und eine Tasse Kaffee. Das Klingeln des Telefons. Deine Hände und dieser Brief. Nur das. Nur das Nötigste. Ich fand immer schon, dass man es schlicht halten muss, wenn es etwas Wichtiges zu sagen gibt. Gibt es denn wirklich etwas Wichtiges zu sagen?, wirst du dich fragen. Eine Enthüllung, ein Geheimnis? Ich antworte dir, ja, es gibt Dinge, die du nicht weißt; es gibt immer Dinge, die wir nicht wissen, ganz egal, wie durchschaubar der andere auch sein mag. Ganz egal, wie ergeben er auch ist, es gibt immer etwas Unerwartetes, etwas, das einen vielleicht überrascht, einem ein Lächeln entlockt oder Leid zufügt.

Eine kleine Rache, denn was ist letztlich die Rache anderes als eine seltsame Liebeserklärung, jemand, der sich rächt, ist immer jemand, der sagt: die Trennung, die Trennung ist eine unterbrochene Geste, und dein Name, der wiederkehrt, jedes Mal. Dein unvollständiger Name, eingesperrt in meinen Mund, das ist Rache, nur das, eine Liebe, die niemals aufhört.

Also war das, was passiert ist, ein kleiner Racheakt, das gestern. Ich sage gestern, aber es könnte auch früher gewesen sein, an jedem anderen beliebigen Tag nach deinem Weggang, aber ich sage es jetzt so, weil ich es bin, die erzählt: Gestern bin ich in die Videothek gegangen. Ich vertraue es dir nahezu an, vielleicht ängstlich, zum ersten Mal seit diesem Tag. Ich bin in die Videothek gegangen, dieselbe Tür, dieselben Filme, derselbe Videothekar, aber etwas ist anders gewesen, etwas in mir, und ich habe nach genau diesem Film gegriffen, dem vom letzten Mal, weißt du noch? Nach dem, den ich dir vorgeschlagen hatte, warum eigentlich? Hatte ich dir damit etwas sagen wollen? Aber du hast ihn nicht sehen wollen, du hast mich fest am Arm gepackt, noch lange danach hat der Druck deiner Finger nachgewirkt, selbst jetzt noch sehe ich uns beide da mitten auf der Straße, ist da der Druck, dabei ist es lange her. Diese Figur im Film, die dir ähnlich war, auch der Schauspieler selbst, war es deshalb? Aber das ist jetzt unwichtig, ich habe nach dem Film gegriffen, hartherzig? Kann schon sein. Es war, als würde ich dich hintergehen, seltsam, findest du nicht? Als würde ich dich betrügen, als würde ich mich rächen, oder, noch schlimmer, als würde ich mich rächen und dabei lächeln. Merkst du, dass alles anders ist? Und ich war fröhlich in dem Moment, spürte Aufregung, Enthusiasmus, ich, die fast rannte, strahlend, mitten auf der Straße, mit dem Gefühl, etwas Wertvolles geklaut zu haben, dem Gefühl, geklaut zu haben und jetzt zu flüchten, ohne dass es jemand mitbekam, davonkam, wobei ich mich fragte, wie ich dir das nur hatte antun können?, und ich lächelte und strahlte, ganz ohne Grund.

Und dann, jetzt, könnte ich dir erzählen, ich hätte den Film nach dem Nachhausekommen eingelegt und auf Play gedrückt, die Szenen hätten sich aneinandergereiht, dieser Schauspieler sei zu sehen gewesen, in dieser Rolle, und all das andere, das du abgelehnt hast und das genauso gut du hättest sein können. Und ich könnte dir erzählen, ich sei die ganze Zeit über glücklich gewesen, da vor dem Fernseher, all das, was ich nicht verstand, aber das dir, da war ich sicher, ein Lächeln entlockt und dir Leid zugefügt hätte. Das alles könnte ich, tue es aber nicht. Ich könnte sogar lügen, tue es aber nicht. Aus irgendeinem Grund ist es nur der Film, diese kleine Scheibe und die Ahnung einer Gefahr, einer undefinierten Angst. Das alles könnte ich machen, tue es aber nicht. Aus irgendeinem Grund. Stattdessen habe ich die DVD zurück in die Hülle gelegt, diese zugeklappt, und dort ist sie liegen geblieben, auf dem Tisch, sehr lange, ich vor dem Rauschen des Fernsehers, der Fernseher ganz ohne Bilder. Mein kleiner Racheakt, kindisch und dumm. Ich könnte auch lügen. Aber nein. Rache reicht nie, wie die Liebe, worin besteht eigentlich der Unterschied?, und wenn man anfängt, braucht man noch etwas anderes, damit es immer eine Rückkehr geben kann, deinen Namen, bei jedem Mal.

Immer braucht es etwas anderes, und das da, dieser Unsinn, in die Videothek zu gehen und den Film auszuleihen, war nur der Anfang der Dinge, die ich nicht gemacht habe, aber machen könnte, um dir wehzutun, dich zu verletzen. Ich könnte so vieles bestätigen, irgendeine deiner Befürchtungen, findest du nicht? Dir beispielsweise jedes Detail, jede Einzelheit erzählen, angefangen bei der Kleidung, die ich getragen habe, dieses rote Kleid, erinnerst du dich? Du hast mich immer gern in Rot gesehen, das Kleid, das mir so gut stand, das rückenfreie dunkelrote Kleid und meine schwarzen Haare, die du immer mit einem schwarzen Vorhang verglichen hast, dunkel wie die Nacht, so hast du sie beschrieben, nicht wahr? Ich könnte dir alles detailliert beschreiben, das rote Kleid, die offenen Haare, so, wie du sie am liebsten hattest, war es nicht so? Und ich könnte dir beispielsweise erzählen, dass ich lange gebadet, die besten Essenzen, die besten

Öle verwendet, viele Stunden vor dem Spiegel gestanden und mich sorgfältig geschminkt habe, mein Körper noch nass, überall einparfümiert wie für eine Verabredung, wie für einen Liebhaber, mein Körper weich und konturiert. Dann habe ich die Riemchenpumps angezogen, die mit den extrem hohen Absätzen, die, von denen man nach ein paar Stunden schrecklich schmerzende Füße und Waden bekommt und die ich nur dir zuliebe angezogen habe. Ich, die ich alles dir zuliebe getan hätte, die Pumps, die dir so gefallen haben, weil du wusstest, wie unbequem sie für mich waren, die Riemchen, die mir in die Zehen schnitten, und die Absätze, mit denen ich kaum das Gleichgewicht halten konnte. Also erzähle ich dir das alles, mein Körper einparfümiert, das Kleid, die Schminke, die hochhackigen Schuhe; ich, die in der Wohnung versuchte, das Gleichgewicht zu halten, das Hämmern meiner Absätze auf den Dielen, so wie jedes Mal, wenn du nach Hause kamst und ich dir entgegenlief, um dich zu begrüßen, die Stille und das Klacken meiner Absätze und mein aufgeregtes Atmen, bis ich bei der Tür ankam, sie öffnete und dich sah, lächelnd, als wäre es nur allzu offensichtlich, dass ich mich zurechtgemacht und schon auf dich gewartet hatte. Aber diesmal war es nicht so, diesmal lief ich nicht zur Tür und auch nicht auf dich zu, der du früher dort gestanden und es offensichtlich gefunden hättest, diesmal waren da nur ich, das karminrote Kleid und der Film auf dem Wohnzimmertisch, der Film, den ich mir nicht angesehen habe, der aber schon allein dadurch eine Bedeutung bekam, dass er dalag. Ein kleiner Racheakt, eine vertrauliche Mitteilung, denn der andere, so ergeben und durchsichtig er auch sein mag, trägt immer etwas Unerwartetes in sich, das einem vielleicht ein Lächeln entlockt oder Leid zufügt.

Ich könnte dir von der ganzen Einstimmung erzählen, dem Kleid, dem Parfüm, dem Film, den ich nicht gesehen habe und von allem, was dann gar nicht passiert ist. Denn es war ja nicht nur der Film. Bei diesem kleinen Racheakt, kindisch und dumm, ging es nicht nur um den Film, sondern um alles, was darauf hätte folgen können, um diesen Moment, den es nicht geben durfte. Also erzähle ich dir, dass ich, anders, als du dir vorstellst, danach nicht ausgegangen bin, denn genau das glaubst du doch, oder? Nein, ich bin nicht ausgegangen und auch nicht durch die Bars und Straßen gezogen, bin nicht an den düstersten Orten der Stadt gewesen. Nein, ich habe mich nicht zurechtgemacht und einparfümiert angeboten, mit einem neuen Lächeln, einer Einladung, nein, ich habe keinen anderen Körper berauscht, keine anderen Parfüms gerochen, keine anderen Münder geküsst, habe mich nicht ein einziges Mal mit meinem Gesicht einem anderen genähert, der Rauheit eines anderen Gesichts. Das ist die Wahrheit. Ich bin nicht die Treppen hinuntergerannt, habe weder getanzt noch gesungen noch geschrien, weil das alles nicht zählte, weil nichts mehr zählte, habe kein anderes Paar Lippen angelächelt, mich nicht ein einziges Mal einem genähert, es nicht gewollt, nicht ein Mal zugelassen, dass sie mich gewollt hätten, fügsam, glücklich, nein, ich habe nicht über eine andere Haut gestrichen, auch nicht mit den Fingerspitzen, nicht ein Mal die Weichheit meiner Haut auf einer anderen Haut gespürt, ich habe nichts von alldem getan. Ich habe nicht die ganze Nacht durchgetanzt, den Morgen nicht auf anderen Lippen anbrechen sehen, nein, ich bin nicht in fremden Betten aufgewacht, nicht ein Mal in meinem, die Laken hüllen andere Körper ein, die zur Schau gestellten Laken, nein, ich habe dich nicht verdammt, dir nicht ein einziges Mal lachend den Rücken zugedreht, zwischen anderen Leben, den Atemzügen eines anderen, nein, ich habe nicht die Schwere eines anderen Körpers gefühlt, einer anderen Hand, nicht ein Mal die Kraft eines anderen Rhythmus in meinem Nacken, nein, ich habe in anderen Armen weder geweint noch gelitten, habe meinen Körper nicht für andere Blicke geöffnet oder für andere Offenbarungen, mich nicht ein einziges Mal sehnsüchtig mitten im Wohnzimmer entkleidet oder vor einem anderen Bett, nein, ich habe das rote Kleid nicht ausgezogen und auch kein anderes Kleidungsstück, das dir so gut gefallen hat, das habe ich nur für dich getan, für einen anderen habe ich meine

Haare nicht geöffnet, wie du es am liebsten hattest, und ich habe auch nicht die zärtlichen Worte eines anderen an meinem Ohr gespürt, nein, nichts von alldem. Ich bin die Treppe nicht hinuntergerannt, auch an keinen anderen düsteren Ort der Stadt, habe nicht den erstbesten Fremden angelächelt, habe mich nicht mit strahlenden Augen angeboten und bin auch nicht wie ein geprügelter Hund davongelaufen, nein, ich habe keine anderen Hände auf meiner Haut zugelassen, von der du gesagt hast, sie wäre so zart, keine anderen Hände und keine andere Stimme, die von der Zartheit meiner Haut gesprochen hätte und dem Vorhang meiner Haare, keine andere Stimme, die mich umschmeichelt hätte, keine andere Zärtlichkeit, nein, nichts von alldem, keinen dieser kleinen Racheakte, die ich hätte durchführen und von denen ich dir jetzt hätte schreiben können und die dir dann vielleicht ein Lächeln entlockt oder dir Leid zugefügt hätten. Aber nein. Ich habe nichts von alldem getan. Ich habe nur die Augen geschlossen und bin hiergeblieben.

Also wozu das alles?, könntest du dich fragen. Diese Aufzählung von allem, was ich nicht gemacht habe, diese Erfindung verworfener Racheakte. Als ganz subtile Art der Strafe? Als Liebeserklärung? Ich weiß es nicht, vielleicht ist es nur Schwäche, um dir ein Lächeln zu entlocken oder dir Leid zuzufügen, oder vielleicht eine Art, dich zu wollen, mich dir zu nähern, um eine Verbindung zwischen uns herzustellen, eine mögliche Verbindung, die ich nur herstelle, weil ich hier bin, weil es diese Distanz gibt zwischen dem, was ich schreibe, und dem, was du liest, denn ich habe seit Tagen nicht geduscht, mir seit Tagen nicht die Haare gekämmt, habe die Wohnung seit Tagen nicht verlassen.

A.

II.

Im Spiegel sieht man einen Mann, noch jung, zweifellos, von den ersten Falten und überraschend schnell ergrauten Haarsträhnen und Barthaaren mal abgesehen, einen Mann, noch jung, und ein dreijähriges Mädchen auf einem Hocker. Seine Tochter, dachte er, was immer sein Gedanke war in letzter Zeit, wenn die Kleine bei ihm war, Teil der Wochenendgedanken seit der Trennung. Vor dem Spiegel versuchte er unbeholfen die langen und lockigen roten Haare der Kleinen zu kämmen. Manchmal beschwerte sie sich, aber in der Regel ließ sie sich kämmen, mit ernstem Blick, konzentriert, als hätte sie Mitleid mit ihrem Vater, als könnte sie die Anstrengung verstehen, die es bedeutete, die Haare einer Dreijährigen zu kämmen, ohne dass das mit irgendeiner Form von Nachsicht oder Vergebung verbunden gewesen wäre oder gezeigt hätte, dass sie es ihm leichter machen wollte. Im Gegenteil, sie blieb aufrecht stehen, regungslos, in der Pose einer Prinzessin vor einem ihrer Untertanen. Er fühlte sich unfähig, etwas an ihr schüchterte ihn ein, das war von Anfang an so gewesen, schon als sie noch ein unverständliches Zeug brabbelndes

Baby gewesen war, das sie ihm auf der Geburtsstation in die Arme gelegt hatten. Einen Tag nach der Geburt, wie seine Exfrau nicht müde wurde zu betonen; der einzige Mann, der tatsächlich vierundzwanzig Stunden bis ins Krankenhaus gebraucht hatte, das ganze zehn Minuten von seinem Zuhause entfernt gewesen war. Er hatte nie erklären können, warum. In Wahrheit wusste er nicht mehr, was passiert war, hatte er zu seiner Frau gesagt, woraufhin sie geschwiegen hatte, aber es war klar gewesen, dass sie ihm das nie verzeihen würde. Und sie hatte ihm nie verziehen. Frauen können furchtbar nachtragend sein, dachte er, und legte der Kleinen die Locken so schön wie möglich über die Schultern.

«Fertig, Manuela, jetzt warten wir nur noch, bis deine Mama kommt.»

«Papa!»

Das Mädchen streckte dem Spiegelbild ihres Vaters einen rosafarbenen Haargummi entgegen.

«Den hast du vergessen.»

Stimmt, den hatte er vergessen. Er nahm den Haargummi und untersuchte seine Funktionsweise. Dann nahm er eine Haarsträhne und band sie so mit dem Haargummi fest, dass sie ihr nicht ins Gesicht fiel.

«Ja, du hast recht, so ist es viel besser, du siehst gleich noch hübscher aus», sagte er, rang sich ein Lächeln ab und versuchte, ein Gespräch in Gang zu setzen.

Der Kleinen war nicht die leiseste Andeutung einer Reaktion anzumerken, sie rutschte vom Hocker und ging zum Spielen in ihr Zimmer. Eine Prinzessin, dachte er. Hochmütig und arrogant. Wenn seine Exfrau käme, würde er gleich mit ihr reden, sie verzog das Mädchen.

Kurze Zeit später kam seine Exfrau, das zweimalige Klingeln kündigte an, dass sie es war, manche Dinge änderten sich nie. Er bequemte sich vom Sofa und ging zur Tür. Als sie eintrat, war es, als würde statt ihrer ein ganzes Heer einfallen, ein Schwarm, ihr Parfüm breitete sich in der ganzen Wohnung aus, mit einem Mal nahm sie den Raum vollständig ein. Sie gab ihm Küsschen auf beide Wangen.

«He Marcos, na, alles gut?»

He Marcos, so hatte seine Exfrau ihn noch nie angesprochen, jemand, der ihn so lange «mein Schatz» genannt hatte, «mein Liebling», und erst recht nicht auf diese abwesende Art, uninteressiert, he Marcos, jahrelang hatte er mit seiner Frau zusammengelebt, sie hatten ein gemeinsames Kind, ein Haus, ein gemeinsames Konto, ein gemeinsames Leben, und mit einem Mal hatte all das aufgehört zu existieren, und sie war nur mehr zu einer parfümierten Fremden geworden, die zur Tür hereinkam und sagte, he Marcos, als wäre er einfach nur irgendwer.

«Ja, alles gut.»

Seine Exfrau nahm die Antwort kaum zur Kenntnis, stattdessen warf sie einen ernsten und prüfenden Blick auf das Chaos in der Wohnung, auf die überall im Wohnzimmer verstreuten Umzugskisten, die wenigen neu gekauften Möbel, auf eine vertrocknete Pflanze, die er vergessen hatte zu gießen.

«Warum bringst du nicht mal Ordnung in dieses Chaos? Dein Einzug ist doch schon über einen Monat her.»

Geistesabwesend antwortete er, als würde sich der Ratschlag an jemand anderen richten:

«Mach ich noch, ich bring das in Ordnung, sobald ich Zeit hab.»

«Zeit hat man immer, man muss sie sich nur nehmen.»

Er tat, als würde er sie nicht hören. Sie lächelte und wechselte das Thema:

«Wo steckt denn Manu?»

Seine Exfrau liebte es, die Kleine Manu zu nennen. Schon tausendmal hatten sie sich deswegen gestritten, sie hatten ihr den Namen Manuela gegeben, warum sollte sie also Manu, Lulu, Bilu oder wie auch immer genannt werden? Ein absurder Tick war das, Manuela, das war doch so ein schöner Name, den die Mutter zerstörte, indem sie ihr einen beliebigen Spitznamen gab.

«Manuela ist in ihrem Zimmer.»

«Manu, mein Schatz.»

Das Mädchen rannte auf seine Mutter zu, man hätte

meinen können, sie hätten sich eine Ewigkeit nicht gesehen, gegen ihren Willen. Und jetzt, vor seinen Augen, der stets gefürchtete Moment.

«Na mein Schatz, sag Mami, wie es dir geht.»

Er stand dort an der Tür und sah diesem Wiedersehen zu. Wie die beiden sich umarmten, die Kleine mit einer Zärtlichkeit und Freude, die sie ihm gegenüber niemals aufbringen würde. Und er stand dort und fühlte sich wie ein Oger oder irgendwas in der Art.

«Willst du was trinken?»

«Nein danke, ich habe keine Zeit. Wir müssen noch bei meiner Mutter vorbeifahren.»

«Ah, natürlich, bei deiner Mutter. Wie geht es ihr denn?»

«Gut, aber sie hat immer diese Arthritis-Probleme, na, das weißt du ja.»

«Ja, das weiß ich.»

«Und ihr? Wie war das Wochenende? Hat sie gut gegessen?»

Die Kleine auf dem Arm ihrer Mutter, die Arme um sie geschlungen, wirkte müde, als hätte sie ein langes Warten überstanden, einen Test.

«Bestens, Manuela hat Bilder von Filipe in diversen Varianten gemalt und dann waren wir Pizza essen. Heute Morgen haben wir ein kleines Computerspiel gespielt.»

Seine Exfrau setzte die Kleine auf dem Boden ab.

«Los, mein Liebling, hol deinen Teddy, dann fahren wir zu Oma.»

Das Mädchen lief sofort los, stellte er fest. Zwei Minuten später war es wieder da, hatte seinen rosafarbenen Teddybären dabei. Die Kleine hielt jetzt die Hand ihrer Mutter, der Frau, die er kennengelernt hatte, als diese noch ganz jung gewesen war. Beide hatten sie Architektur studiert. Sie war jetzt Innenarchitektin, eine sehr berühmte Innenarchitektin, die mit der Ausstattung der begehrtesten Häuser der Stadt beauftragt worden war. Sie war eine dynamische Frau, schon immer gewesen, gut vernetzt, schon immer gewesen. Er hingegen war weder dynamisch noch gut vernetzt. Hatte nie als Architekt gearbeitet. Das Leben hatte seinen eigenen Lauf genommen. Aber er hatte eine bequeme Position, er konnte sich nicht beschweren. Er gab ihr den Rucksack mit den Sachen der Kleinen.

«Danke. Also dann, wir müssen schon los, das verstehst du sicher, meine Mutter wartet auf uns.»

«Ja, natürlich.»

«Manu, mein Schatz, gib deinem Papa ein Küsschen.»

Das Mädchen zögerte, aber vor den beharrlichen Blicken der Mutter näherte es sich diesem Mann, der sich hingehockt hatte, damit es ihm ganz schnell ein Küsschen auf die Wange drücken konnte.

«Du solltest dich rasieren», merkte seine Exfrau an, als sie sich von ihm verabschiedete.

«Das mach ich», antwortete er automatisch.

Während sie auf den Aufzug warteten, blieb er stehen, dort, in der offenen Tür. Mutter und Tochter, gleich würden sie sich mit der Großmutter treffen. Eine Art weiblicher Klan, eine matriarchalische Linie, ein Band, das sie vereinte und ihnen etwas Geheimnisvolles verlieh, sie unnahbar machte, und er stand dort, für immer ausgeschlossen von diesem Pakt. Er erinnerte sich an ein Foto, das seine Exfrau auf das Tischchen im Wohnzimmer gestellt hatte, darauf die drei, Mutter, Tochter und Großmutter, eine sehr elegante Dame in einem Sessel, die Enkelin auf dem Schoß und die Tochter in der Hocke daneben, um auf Augenhöhe mit den beiden anderen zu sein. Sehr oft hatte er sich ins Wohnzimmer gesetzt und dieses Foto betrachtet. Die Schwiegermutter, zu der er eine freundliche, aber kühle Beziehung hatte, seine Frau, die immer mehr zu einer Fremden wurde, und seine Tochter, dieses kleine distanzierte Mädchen. Er schaute zu ihnen auf den Flur hinaus, beide schwiegen, vielleicht fühlten sie sich unwohl während dieser kurzen Wartezeit. Auch er fühlte sich unwohl. Mit dem Aufzug kam dann endlich der Abschied.

«Ciao, Marcos.»

«Ciao», hörte er sich kaum wahrnehmbar sagen.

Als er die Tür schloss, war er erleichtert und gleichzeitig traurig. Es war fast, als würden sie nicht länger existieren. Seine Exfrau, seine Tochter und die ganze Frauenlinie. Da verstand er, dass er den ganzen Tag diesem Augenblick entgegengefiebert hatte, in dem sich die Tür schließen und er endlich allein in der Wohnung sein würde. Endlich die nötige Zeit und den nötigen Raum hatte. Der Brief. Der Gedanke, der ihm nicht gekommen war, überdeckt von der Anwesenheit seiner Tochter und allem, wofür diese Anwesenheit stand, der ihn aber auf irgendeine Art begleitet hatte, unauffällig, schlafend, doch beharrlich, die ganze Zeit, seit dem frühen Morgen.

Er ging in die Küche und goss sich eine Tasse Kaffee ein. Dann kehrte er ins Wohnzimmer zurück, stellte die Tasse auf den Tisch und nahm den blauen Umschlag, den er am Morgen dort hingelegt hatte, leicht versteckt unter Strom- und Wasserrechnungen. Der Gedanke drängte sich ihm auf. Diesmal hatte er den Umschlag sofort geöffnet, ohne den Widerstand vom vorigen Tag, er hatte ihn noch im Fahrstuhl geöffnet. Etwas trieb ihn an, Ungeduld, Neugierde. Er betrachtete ihn aufmerksam, dieselbe Schrift, derselbe Name, dieselbe Adresse. An der Stelle des Absenders wieder nur ein Anfangsbuchstabe. Der Füllfederhalter. Die geschwungene Schrift. Der nicht sehr sorgsam geöffnete Umschlag, unter einer Art innerem Zwang aufgemacht. Aber er bemerkte jetzt, dass der Poststempel diesmal fehlte, ein Detail, das ihm am Morgen entgangen war; kurz hielt er den Atem an, der Gedanke daran, dass sie da gewesen war, so nah. Er ging zum Fenster, als würde er hoffen, sie von dort sehen zu können. Mit schnellen Schritten, schnell und vorsichtig. Vielleicht als Schatten sehen könnte, der das Gebäude betrat, die langen schwarzen und offenen Haare, das rote Kleid, der nackte Rücken und der Umschlag zwischen ihren Fingern. Die Adresse, von der sie glaubte, sie gehöre ihrem Liebhaber, dabei gehörte sie jetzt ihm, und die Wohnung, in der er stand, die Umzugskisten noch im ganzen Wohnzimmer verteilt, der Blick aus dem Fenster. Hatte sie sich vielleicht irgendwann dort angelehnt, wo jetzt er sich anlehnte, mit demselben Ausblick auf das, was auch er jetzt sah, auf dieselbe Landschaft. War es so gewesen?

21. Januar

Liebster,

den Film habe ich letztlich ungesehen zurückgebracht. Ich bin zur Videothek gegangen und habe ihn abgegeben, ohne großes Trara, denn genau so ereignen sich die schrecklichsten Dinge. Warum ich dir das erzähle? Keine Ahnung, vielleicht um dir zu gefallen und mich zu erlösen. Mich von etwas Unerwartetem zu erlösen, irgendeinem Lapsus, irgendeinem Fehler, der einem plötzlich durch einen Zufall unterlaufen könnte, durch all das, was man schlichtweg nicht kontrollieren kann. Und gleichzeitig durch alles, was schon immer geplant gewesen ist, die schlimmsten Verbrechen, die schlimmsten Dramen. Vielleicht um dir irgendetwas zu gestehen, nicht einmal nur, um dir zu gefallen, ich, die alles machen würde, um dir zu gefallen. Aber auch wenn ich die Tage damit verbringe, über alles nachzudenken, was ich dir erzähle, und darüber, welchen Effekt meine Worte haben, frage ich mich, hat das irgendetwas zur Folge? Bin ich dann auf irgendeine Weise Teil deines Lebens, oder tritt das Gegenteil ein und wir entfernen uns voneinander? Warum kann man sich immer noch weiter voneinander entfernen, oder gibt es eine Grenze, eine Schranke, die die Entfremdung stoppt? Gibt es einen Maximalabstand, oder ist sie eher etwas, das sich stetig fortsetzt, pausenlos, im selben Maß, wie die Zeit vergeht? Am Anfang die Abwesenheit und alles, was diese Abwesenheit mit sich bringt, Schmerz, Freude und, wer weiß, sogar Erschöpfung, dann nur noch ein Name, ein Bild, und irgendwann nicht einmal mehr das, nicht einmal mehr das Vergessen, diese Ahnung, diese Leere. Gibt es dann etwas, das diesen leeren Raum begrenzt?

Und einmal mehr stelle ich mir vor, wie du dich fragst, wozu das alles hier noch? Vielleicht fragst du dich das mit jedem Brief. Ohne wirklich zu verstehen, wozu dieses ganze Bündel von Fragen, Erinnerungen und Strategien gut sein soll, wozu dieser ständige Blick zurück. Du dort, das Sofa, der Sessel, du und dieser Brief, verärgert, weil mein Schreiben so ausufert. Dann werde ich mich jetzt klar ausdrücken. Diesmal antworte ich dir ohne Umschweife, ohne Wiederholungen, ganz schlicht und ohne großes Trara, genau so, wie sich die schrecklichsten Dinge ereignen, die wichtigsten Dinge: Ich schreibe dir, damit du mich liest. Ganz einfach. Damit du mich liest und zurückblickst, damit du mich liest und denkst, dass es etwas verblüffend Schönes in mir gibt, etwas, das du nicht gesehen hast, etwas, das unbemerkt an uns vorbeigegangen ist. Also, um es noch klarer auszudrücken, vorausgesetzt, das ist überhaupt noch möglich: Ich schreibe dir, damit du mich liest und liebst. Warum nicht? Jemand anders könnte mich vielleicht lieben, wenn er diese Briefe lesen würde, glaubst du nicht? Auch wenn es nicht so einfach ist zu lieben, wahrscheinlich denkst du, es ist nicht so einfach, wenn man sich schon nicht mehr liebt und nachdem die Liebe gekommen ist, gelebt hat, gestorben ist und zu irgendetwas anderem geworden ist, zu einer Pflanze oder irgendeinem organischen Stoff, du denkst, die Liebe ist nicht irgendein organischer Stoff, sie ist etwas anderes. Sie wird nicht zu einem Samen, sagst du, organische Stoffe sind nicht nur das, Gartenarbeit, Ackerbau, Liebe ist kein Samen, der dann zu einer Pflanze wird und gegossen und all dieses dumme Zeug, das die Leute gern glauben, wenn sie glücklich sind; dieses dumme Glück, dumm wie alle Freuden und all das andere, das uns glauben lässt, es wäre möglich, wiederherzustellen, was sich nicht wiederherstellen lässt. Das alles sagst du jetzt, während du diesen Brief liest, oder vielleicht hast du es schon bei dem vorigen Brief gesagt oder gedacht oder wirklich bei einem ersten oder zweiten Treffen, aber ich höre nicht auf und begründe weiter, insistiere erneut, dass es etwas verblüffend Schönes in mir gibt.

Gestern habe ich lange darüber nachgedacht, über die Liebe, über diese Beharrlichkeit in der Liebe, als könne die Liebe uns vor allem bewahren oder zumindest vor irgendetwas, als könne die Liebe uns vor dem Hass bewahren, vor dem Wahnsinn und sogar vor dem Verlangen. Wer sich das wohl ausgedacht hat? Wo uns die Liebe doch nicht einmal vor der Liebe selbst bewahren kann. Also, das heißt vor der Traurigkeit, der Gleichgültigkeit und dem unausweichlichen Moment, in dem die Liebe aufhört. Dieser Moment, von dem wir glauben, er würde nie kommen. Woher weiß man, dass die Liebe aufhört? Gibt es einen Augenblick, eine Trennlinie, eine Enthüllung, einen inneren Wecker, der tickt, und fertig, dann wachen wir auf und sagen noch ganz verschlafen, Schluss, es ist vorbei. Wir stehen auf, ziehen uns an, nehmen unsere Tasche oder den Koffer und gehen. Draußen das Morgenlicht irgendeines Tages, die Leute fahren im Bus zur Arbeit, die Kinder tragen ihre Schuluniformen, der Milchkaffee in den Bäckereien, alles so alltäglich, so normal. Wie ist es möglich, dass alles so alltäglich ist, während da drinnen, in einer Wohnung, einem Zimmer, einem Bett, da drinnen die Liebe ganz aufgehört hat? Oder hört die Liebe von Anfang an auf, vom ersten Kuss an, vom ersten Blick, der Intuition, das etwas aufgebraucht wird, sich auflöst? Und auch wenn wir noch so viele Küsse und Blicke und glückliche Worte erfinden können, lauert doch immer etwas, das uns beunruhigt. Etwas, das genau in dem Moment, in dem es anfängt, auch den unweigerlichen Prozess der Auslöschung einleitet.

Wozu das alles? Alle diese Wörter über die Liebe, die nur naheliegend und dumm sind, das stimmt. Ich antworte dir, dass es nur eine Form ist, mich zu nähern. Mich einer Sache vorsichtig zu nähern, die wirklich zählt. Nicht länger der Schauspieler und der Film in meiner Handtasche und dann auf dem Tisch, ohne dass ich mich getraut hätte, ihn zu sehen, nicht länger die ausgedachten kleinen Racheakte, und nie, was ich sage, denn was ich sage, interessiert mich schon gleich darauf nicht mehr. Nie der Schauspieler und der Film auf dem Tisch, also was dann? Gibt es etwas anderes, etwas, das danach kommt? Warum hören Ge-schichten auf, ohne je zu zeigen, wie es weitergeht? Käme nicht genau dann das Wichtigste, verpassen wir nicht etwas?

Wann werden wir den Schlussstrich ziehen, der uns getrennt hat? Du könntest sogar als Argument anführen, dass wir von Anfang an getrennt waren, dass es nicht einmal diese Geschichte mit dem ersten Kuss und dem, was sich wieder auflöst, gegeben habe. Aber mir ist es anders lieber. Mir ist ein Vorfall lieber, eine Handlung, der Moment, in dem wir aufstehen und sagen, Schluss, es ist vorbei. Selbst wenn nicht wir es waren, dieser Plural, der uns in dieselbe Handlung einschließt, in lange synchronisierte Gesten, selbst wenn nicht wir es waren, sondern nur du allein, du, der eines Tages aufgewacht und aus dem Bett aufgestanden ist, der gesagt hat, als hätte er einen inneren Wecker gehört, einen, den nur du gehört hast, Schluss, es ist vorbei. Die Tatsache, dass das der Anfang unzähliger Bewegungen wäre, die ich nicht begleiten könnte, ich, die dort lag, aus dem Takt gekommen, und an die Nacht zuvor dachte und an alles, was geschehen war, und daran, wie du plötzlich, ohne mich anzusehen, ohne auch nur ein einziges Wort zu sagen, aufgestanden bist, dich angezogen hast und gegangen bist. Wie war es möglich, dass du von einem Moment auf den anderen aufwachen konntest, aus dem Bett aufgestanden und gegangen bist? Wie konnte es so einfach sein? Ich begriff es nicht und blieb liegen. Aber das Problem ist doch, dass, ganz gleich, wie sehr ich auch insistiere und wie sehr du auch vielleicht willst, nichts je einfach so von einem Moment auf den anderen geschieht.

Ich weiß noch, wie du aufgewacht bist, oder vielleicht hast du auch die ganze Nacht wach gelegen, ich habe die ganze Nacht wach gelegen und dich zutiefst gehasst, so dumm und vulgär, der Hass. Aber so war er, dumm und vulgär, und ich habe dich gehasst und gleichzeitig fest umarmt, als wollte ich versuchen, mich ununterbrochen davon zu überzeugen, dass du noch da, noch neben mir warst. Du mit dem Rücken zu mir, und ich, nur noch in deiner Erinnerung vorhanden. Ja, denn so war der Hass in dieser Nacht, nach allem, nach dem Finale, wir beide in der Videothek, und dem, was nach dem Finale kam, und ich dachte, wie war es möglich, nach allem, dieser Nacht und allem, was in dieser Nacht passiert war, erinnerst du dich? Die schrecklichsten Dinge. Die Wörter, die nur zu Hass führen dürften, so dumm und vulgär. Aber nein, mitten in der Nacht habe ich dich umarmt, wie ist das möglich? Du im Bett mit dem Rücken zu mir, wie habe ich dich umarmen können nach alldem? Aber ich habe dich umarmt, habe deine Brust umfasst, eine sanfte und feste Umarmung, da muss ich schon geahnt haben, dass es etwas gab, das mir entging. Man kann immer verlieren, was man nicht hat, es ist immer möglich, sich noch weiter zu entfernen, die unbegrenzte Möglichkeit, einen Fehler zu machen. Und das und vieles mehr habe ich geahnt, denn tief drinnen ahnen wir es immer, obwohl ich dir sage, dass ich dort einfach liegen blieb, stimmt es nicht, ich blieb zwar liegen, aber ich verspürte auch eine heftige Wut und Groll und den Wunsch, du würdest gehen, und gleichzeitig die Angst, du würdest gehen, du würdest aufstehen und gehen. Die ganze Nacht lang, ich, die dich von hinten umschlingt, und dein Schlaf so fest, als würde ich gar nicht existieren. Ich blieb da, die ganze Nacht, als hätte ich gar nicht existiert, meinen Arm um deine Brust, ein Versuch, die Auflösung dieser letzten Verbindung zu verhindern; ich, die dich in dem Moment hätte wegschicken sollen, als du dich angeschlichen und in mein Bett gelegt hast, auf die Seite gedreht und geschlafen hast, wie hast du nur schlafen können, einfach so? Als wäre nichts passiert, wie kann da jemand schlafen? Ich hätte dich wegschicken müssen, gleich im ersten Augenblick, aber ich habe es nicht getan. Aus irgendeinem Grund. Die ganze Nacht lang, du mit dem Rücken zu mir, und ich, die dich umarmte. Ein letztes Mal auf diese Weise verbunden. Wach. Die ganze Nacht.

Aber dann brach der Tag an, weil das jeden Tag so ist, der Tag bricht an, die ersten Sonnenstrahlen auf dem Bett und die Reste der Nacht im Bett. Du bist stillschweigend aufgestanden, immer die Stille, seit dem Vortag, unserem Besuch in der Videothek und dem darauffolgenden Abend und der Nacht. Ich, die dich hätte wegschicken sollen, die dich hätte verabscheuen und wegschicken sollen. Aber nein. Ich blieb liegen, unter dem Laken, das Laken auf die gleiche Art umklammert, wie ich deinen Körper kurz zuvor umfasst hatte, klammerte mich mit einer Umarmung an das Laken, als wäre es eine Art Rettungsanker, dabei wusste ich doch, dass es ein Laken war, das sich seinerseits an nichts klammerte, genauso haltlos wie ich, ein Laken, das noch nicht einmal ein Brett oder ein Seil hätte sein können.

Du bist stillschweigend aufgestanden, hast dich angezogen, dir den Rucksack geschnappt, den du auf dem Boden hattest liegen lassen und den ich dann auf den Stuhl gestellt habe. Und jetzt denke ich an all die vielen kleinen Details, nach allem, nach diesem Tag und dieser Nacht, und dem, was darauf gefolgt ist. Ich war nach allem ins Schlafzimmer gegangen, und als ich deinen Rucksack offen auf dem Boden liegen sah, habe ich ihn wieder geschlossen und auf den Stuhl gestellt, wie kann das sein, denke ich jetzt, ich, die ihn wegschmeißen, ihn hätte verbrennen sollen, alles, was dich irgendwie zerstört hätte, so wenig es auch gewesen wäre, aber ich habe es nicht getan. Ich mit all meiner Vorsicht, meiner automatischen Geste, all meiner Vorsicht.

Aber jetzt verliere ich den Faden, wo war ich stehen geblieben? Dein Rucksack. Ja, du, der du aufgestanden bist, dich angezogen hast, dir deinen Rucksack geschnappt hast und gegangen bist. Ich weiß noch, wie ich reagiert habe, als ich dich aus dem Zimmer gehen sah. Nach allem hast du ganz einfach nur deine Sachen genommen und warst dabei zu gehen, einfach so, ohne etwas zu sagen, ohne Verabschiedung, ohne Erklärung. In dem Augenblick dachte ich, nie hatte ich diese Kraft, diesen Groll, dieses grausame Verlangen, dir wehzutun, dich zu treffen, dich leiden zu lassen. Und in diesem Moment wäre ich zu allem fähig gewesen, zu allem, was wehgetan, allem, was bohrenden Schmerz verursacht hätte. Ich wäre zu den schrecklichsten Dingen fähig gewesen.

Du bist dann also aufgestanden, hast dich angezogen und bist gegangen. Ich hielt das Laken umklammert, das jetzt über das Bett schleifte, über den Boden im Schlafzimmer, ich hinter dir her, fragte dich irgendwas, du gingst stillschweigend davon und ich rief dir hinterher, folgte dir bis zur Tür, das Laken schleifte über den Boden im Flur und im Esszimmer. Das Laken, wie eine Brautscherpe hinter mir herschleifend, habe ich dich um alles Mögliche angefleht, mich doch zu lieben, doch irgendwas zu sagen, oder mich nicht zu lieben, aber wenigstens zu bleiben, selbst wenn es genau dort wäre, vor der Tür, wo du stehen geblieben bist und in einer endlosen Bewegung am Türknauf gedreht hast. Und jetzt, da ich dir schreibe und an dieses Bild denken muss, dieses letzte Bild, deine Hand, die den Knauf drehte, und ich hinter dir, dich irgendwas fragte, wird mir schlagartig klar, dass ich versuche, all dem einen viel dramatischeren Ton zu geben, als es in der Realität gewesen ist, vielleicht sogar geschmacklos, wie eine Braut, es gibt in der Tat nichts Dramatischeres und Geschmackloseres, aber ich frage mich auch, sollten Abschiede denn nicht genau so sein? Ich hinter dir her, in das Laken gewickelt, flehe dich wie eine Braut um alles Mögliche an, sollte das Leiden nicht so sein, pathetisch, dramatisch, extrem geschmacklos? Sollte es nicht so sein, jedes Extrem?

Aber so ist es nicht gewesen, und das weißt du, in dem Moment, in dem sie sich ereignen, nehmen die Dinge nie die Bedeutung an, die sie eigentlich haben. Das tun sie erst sehr viel später, wenn Zeit vergangen ist und das Leben vergangen ist und alles vergangen ist. In dem Moment selbst geschieht das Gegenteil, ereignet sich alles ganz schnell, ganz einfach, ohne großes Trara, denn genau so ereignen sich die schrecklichsten Dinge.

Dann bist du also aufgestanden, hast dich angezogen, dir deinen Rucksack geschnappt und bist gegangen. Fertig. Ganz einfach. Ohne mich anzusehen oder noch irgendwas zu mir zu sagen. Und ich blieb zurück, blieb im Bett liegen. Den Blick auf deinen Körper gerichtet und deine jetzt so unwirklichen Bewegungen, so distanzierte, mir fremde Bewegungen, als ich glaubte, dass jetzt nichts mehr kommen könnte. Ich blieb dort zurück, reglos, stumm, den Blick auf deinen Körper gerichtet und dann auf den Raum, der sich gebildet hatte, wo zuvor dein Körper gewesen war, der Raum, den du eingenommen hast, in meinem Schlafzimmer, in meinem Bett. Ich habe nichts gesagt, nicht geweint, keine Erklärungen verlangt, dich nicht angefleht zu bleiben. Ich blieb einfach liegen, reglos, stumm, da im Bett, während du dich angezogen, dir den Rucksack geschnappt hast und gegangen bist.

A.

III.

Ein Mann, der gerade eine Trennung hinter sich hat, braucht eine Frau mit einem Minimum an Verständnis. Eine Frau, die in Momenten größter Geselligkeit an seiner Seite ist und ihm den Rückzug gestattet, wenn das Alleinsein unumgänglich ist. Aber als er den Hörer auflegte, dachte er, Frauen verstanden nur, was in ihrem Interesse lag. Und Verständnis dafür aufzubringen, dass er die Verabredung an diesem Tag absagen musste, lag so gar nicht in Fabianes Interesse. Ihre Reaktion bestand aus diversen Vorwürfen. Das war das zweite Mal, dass er abgesagt hatte, das stimmte, aber morgen, morgen Abend, da würde er nichts dazwischenkommen lassen, hatte er am Telefon gesagt. Nach längerem Zögern hatte sie zähneknirschend zugestimmt.

«Ist gut, morgen Abend, aber wenn du noch mal absagst, und wenn es nur ein einziges Mal ist, dann ist es vorbei, das schwör ich dir. Vorausgesetzt, es besteht überhaupt etwas zwischen uns.»

«Ich werde nicht absagen, versprochen, das heute war wirklich nicht vorhersehbar.»

«Ja, genau wie am Samstag, dein Leben scheint voller unvorhergesehener Ereignisse zu sein.»

«Das stimmt so nicht, am Samstag war Manuela stark erkältet, da konnte ich sie einfach nicht mitnehmen, das hab ich dir doch schon erklärt.»

«Hast du, und von nun an muss deine Tochter wahrscheinlich immer als Ausrede herhalten.»

In der Regel sind die schönen Frauen auch die kompliziertesten, vielleicht weil die Schönheit es ihnen an zu vielen Stellen leicht gemacht hat, weil überall Möglichkeiten auf sie warten, aber wenig Konfrontation mit der Realität. In der Regel sind die schönen Frauen egoistisch und kindisch, sie kommen nie aus der Rolle der kleinen Prinzessin heraus und erwarten vom Mann, von jedem beliebigen Untertan und auch dem allzu nachgiebigen Vater, dass er sie verwöhnt, ohne irgendetwas von ihnen einzufordern, und das nur, weil sie schön sind. Fabiane war nicht nur eine schöne, sondern eine wunderschöne Frau, dachte er.

Er legte den Hörer auf, schob sämtliche Unterlagen auf dem Tisch irgendwie zu einem Haufen zusammen, nahm seine Sachen und ging. Heute wollte er das Büro früher verlassen. Es lag nicht an einem unaufschiebbaren Termin, wie er es Fabiane gegenüber behauptet hatte, sondern einfach an seinem dringenden Bedürfnis, allein zu sein und nach dem langen Wochenende, der Anwesenheit der Kleinen und seiner Exfrau einen Spaziergang zu machen. Obwohl er gar nichts mehr gemacht hatte und den restlichen Sonntag nur ziellos in der Wohnung herumgelaufen war, fühlte er sich erschöpft. Und dann dieser ganze Tag, ohne sich konzentrieren zu können, der Berg mit Papierkram auf seinem Schreibtisch, die E-Mails, die vielen Leute, die er nicht zurückgerufen hatte, bis auf Fabiane, das Wesentliche, nur um abzusagen, er war nicht in der Stimmung für eine Verabredung mit ihr, ein Abendessen, ein Gläschen, Fabianes nicht enden wollendes Gerede, ihre Klagen, ihre Probleme mit dem Chef, ihre Probleme mit der Mutter, ihre Probleme mit der Schwester, schlussendlich lauter Fabiane-Probleme. Am liebsten würde sie noch mal ganz von vorne anfangen, ein anderes Leben leben, ihr jetziges Leben sei nicht annähernd, was sie sich erträumt hatte; am liebsten würde sie ihre Stelle kündigen, ruhiger leben, Kinder haben, Fabiane hätte gern zwei Kinder, eine glückliche Ehe, eine stilvoll eingerichtete Wohnung, einen Ehemann in einer bequemen finanziellen Position, eben das, was alle Frauen wollten. Als kleinen Wink hatte er angemerkt, schon eine Tochter zu haben, nicht noch mehr Kinder zu wollen, alles andere als ein guter Vater zu sein, gerade erst eine Trennung hinter sich zu haben, was zermürbend war, eine Wohnung zu suchen, umziehen und sich erst einmal neue Alltagsstrukturen schaffen zu müssen. Ihre Augen hatten gefunkelt, sie war verärgert aufgestanden und davongestapft. War das jetzt der Dank für seine Ehrlichkeit? Mit der Wahrheit war nie irgendwem geholfen, dachte er. Es war gut, dass er abgesagt hatte, es war besser so, und es schenkte ihm etwas Ruhe an diesem Abend.

Auf dem Heimweg kam ihm die Idee, in der Videothek vorbeizuschauen. Nach fast einem Monat in der neuen Wohnung wusste er noch immer kaum, welche Läden es im Viertel gab, aber an die Videothek ganz in der Nähe, an der er neulich vorbeigekommen war, als er sich auf der Suche nach einer Apotheke verirrt hatte, an die erinnerte er sich. Manuela benutzte nämlich nur eine ganz spezielle Sonnencreme für dreijährige Kinder. Seine Exfrau hatte darauf bestanden, es müsse unbedingt diese sein, frühmorgens am Telefon, und er hatte geantwortet, dass Sonnencremes doch alle gleich seien, war gerade dabei gewesen, alles für einen Strandbesuch mit der Kleinen zusammenzusuchen, warum sollte ich nicht die für Manuela nehmen können, die ich selbst problemlos verwende?, versuchte er zu argumentieren, aber seine Exfrau war stur geblieben. Er hätte sie nicht kaufen müssen, hätte es einfach vortäuschen können, aber die Kleine hatte ihn durchdringend angeschaut, sie wusste von seinen Lügen und seinen kleinen Schwächen, hatte er gedacht, sie durchschaute ihn. Ein dreijähriges Kind verstand alles. Und bevor sie an den Strand gegangen waren, hatten sie gemeinsam eine Apotheke gesucht, und ihm war durch den Kopf gegangen, dass ihm die Trennung nur noch mehr Arbeit beschert hatte, und die Kleine, die zuvor in den mütterlichen Verantwortungsbereich gefallen war, zumindest was das Alltägliche anging, die er nur liebkost und begrüßt hatte, wenn er aus dem Büro nach Hause gekommen war, war jetzt zu einem sichtbaren Wesen und unverrückbar in seinem Leben geworden. Wäre es nach ihm gegangen, hätte er sich nicht getrennt, dachte er; nicht, weil die Beziehung gut gewesen wäre, das war sie seit Jahren nicht mehr, seit der Schwangerschaft, aber er hatte nie daran gedacht, sich zu trennen, vielleicht weil er sich schuldig fühlte, ja, denn er war es, der sich seit der Schwangerschaft von seiner Frau entfernt hatte. Jetzt gehörte die Tochter an den Wochenenden ihm, jetzt waren da nur er und die Aufgabe, ein Kind zu bespaßen. Früher war ihm alles leichter vorgekommen, auch wenn es ihm nicht gefallen, auch wenn er manchmal Lust gehabt hatte, alles hinzuschmeißen, hatte er nie ernsthaft darüber nachgedacht, etwas in ihm hatte es ihm verboten. Bis zu dem Augenblick, als seine Frau sagte, es sei vorbei. Was ist vorbei?, hatte er gefragt, ohne sie richtig zu verstehen; die Ehe, die Liebe, alles, hatte sie geantwortet. Alles war vorbei, schon sehr lange. Er hatte sie angestarrt, hatte versucht zu begreifen, wie das sein konnte, wie es sein konnte, dass die Dinge plötzlich vorbei waren, von einem Moment auf den anderen. Sie hatten doch schließlich ein Haus, ein gemeinsames Leben und eine Tochter. Aber seine Frau hatte sich nicht verunsichern lassen, ihn nur verächtlich angesehen und ihm irgendeinen nicht wiedergutzumachenden Ausrutscher vorgeworfen, außerdem würde nicht sie ausziehen, sondern er hätte zu gehen. Und genau so war es dann, von einem Tag auf den anderen; seine Frau hatte entschieden, es sei vorbei und er habe zu gehen, alles aufzugeben, sich eine Wohnung zu suchen, und das so schnell wie möglich, forderte sie, während sie im Wohnzimmer auf und ab lief. Dieselbe Frau, die noch vor Kurzem gesagt hatte, sie würde ihn lieben, das hatte sie doch gesagt, oder nicht? In seinem Kopf wirbelten alle möglichen Erinnerungen durcheinander. Er hatte sie gefragt, ob sie einen anderen hätte, das schien ihm naheliegend, die einzige Erklärung, sie musste einen anderen haben, aber nein, sie hatte geantwortet, nein, sie sei es leid, sei ihn leid, leid, dass er sich nur um sich selbst kümmere, sie sei seinen Egoismus leid, sein ständiges Fortsein, das alles hatte sie gesagt und viele andere Dinge, diese Dinge, die Frauen sagen, wenn sie wütend sind. Er selbst hatte gar nichts gesagt, sich seine Sachen geschnappt und war ins Gästezimmer gezogen, später dann in diese Wohnung hier. Klein, aber mit einem schönen Ausblick auf die Berge, die Erstbeste, denn genau genommen hatte er keine Geduld gehabt, groß zu suchen. Kurze Zeit später war er umgezogen, hatte sich ein paar Möbel gekauft, nur das Nötigste. Er verstand, dass es kein Zurück mehr gab. Er holte seine restlichen Sachen zu Hause ab, das heißt im Haus seiner Exfrau. Sie erwartete ihn schon, hatte schon alles fertig gepackt und beschriftet, sie, die immer so perfekt war, so effizient, sogar darin. Er hätte sich mit ihr streiten, ihr trotzen können, aber er hatte das Gefühl, keine Kraft für das zu haben, was sicher zu einer endlosen Diskussion geworden wäre, in der seine Frau gesagt hätte, es sei alles seine Schuld, kein anderer als er hätte ihr Leben und das seiner Tochter zerstört. Frauen können extrem grausam sein, wenn sie wollen. Er hatte sich seine Sachen geschnappt und war gegangen, hatte noch überlegt, nach Manuela zu fragen, wo sie war, weil sie sich nicht von ihrem Papa verabschieden kam, aber letztlich hatte er gar nichts gefragt. Seine Exfrau, die anscheinend seine Gedanken lesen konnte, sagte nur: Keine Angst, Manu kann die Wochenenden bei dir verbringen, das wird ihr guttun, euch beiden, das hatte sie noch gesagt, bevor sie die Tür geschlossen hatte und verschwunden war.

Die Dinge geschahen, ohne dass er auch nur die geringste Kontrolle gehabt hätte, dachte er. Immer gab es jemanden, der die Entscheidungen für ihn traf. Die Hochzeit, die Idee seiner Frau, sie hatte ihn so sehr bedrängt, dass er irgendwann zugestimmt hatte; dann die Tochter, keine einzige Frage oder Ankündigung, ob er das denn auch wolle, ob er einverstanden war, Fehlanzeige, sie war einfach schwanger geworden. Die Notwendigkeit einer neuen Anstellung, all diese Veränderungen und dann die Trennung, auch diese von einem Tag auf den anderen. So waren die letzten Jahre verlaufen, eine Aneinanderreihung von Beschlüssen in seiner Abwesenheit. Aber das würde von nun an anders sein, dachte er, als er in Richtung Videothek lief, er hatte seit Monaten keinen Film mehr gesehen, war seit Monaten nicht mehr ins Kino gegangen. Er war am Morgen aufgewacht, hatte daran gedacht und spürte jetzt, dass etwas anders war, ohne dass er es verstanden hätte, und er war froh, die Verabredung abgesagt zu haben, auf dem Weg zur Videothek zu sein, den restlichen Nachmittag und den ganzen Abend noch vor sich zu haben. Über alles, was auf ihn wartete. Über etwas so Einfaches.

In der Videothek war es leer. Er füllte den Anmeldebogen aus, gab die neue Adresse an, die Telefonnummer, die er noch nicht auswendig konnte, gab als Arbeitgeber seine Exfrau an, eine dieser automatischen Gesten. Strich den Namen aber gleich wieder durch. Arbeitgeber: NIEMAND, schrieb er in Großbuchstaben hin. Zu gern hätte er an Ort und Stelle ganz laut gesagt: niemand. Aber er sagte nichts, gab dem Mitarbeiter die Anmeldung und suchte nach einem Film. Aufmerksam sah er sich die Hüllen an, eine nach der anderen, ohne auf den Titel oder den

Regisseur zu achten, als würde er etwas ganz Bestimmtes suchen, etwas sehr Wichtiges, als der Mitarbeiter auf ihn zukam und fragte:

«Sucht der Herr vielleicht einen ganz bestimmten Film?»

Er fuhr zusammen und stellte sofort die Hülle zurück ins Regal, die er gerade in der Hand gehalten hatte. Dann antwortete er sehr leise, fast im Flüsterton:

«Ja, genau, das heißt, nein, nichts Bestimmtes, ich schau mich nur um.»

«Sagen Sie einfach Bescheid, wenn Sie Hilfe brauchen.»

«Ja, natürlich, das mache ich, danke.»

Das störte ihn, zum einen, dass er mit «der Herr» angesprochen wurde, schließlich war er immer noch jung, und zum anderen, dass ihm Hilfe angeboten wurde. Diese unerwünschte Annäherung. Er suchte weiter, ohne wirklich zu wissen, was er eigentlich suchte, ja, wusste nicht einmal, warum er eigentlich hier war. Er ging durch die Horrorfilm-Abteilung, dann zu den Abenteuerfilmen und später konzentrierte er sich auf die Komödien, schließlich auf die Dramen. Er überflog die Cover, eins nach dem anderen, und stellte die Hüllen dann zurück an ihren Platz. Er spürte, wie ihn der Videothekar neugierig von der Kasse aus beobachtete, er selbst vermied, in seine Richtung zu sehen, damit der Videothekar bloß nicht noch mehr Fragen stellte. Letztlich suchte er sich fünf Filme aus, eigentlich nur nach dem Foto vorn auf der Hülle: immer ein gut gebauter junger Mann und eine Schauspielerin mit blonden Haaren. Er zahlte im Voraus und machte sich schnellstmöglich aus dem Staub, mit gesenktem Kopf, als würde er flüchten, als hätte er Angst, sie könnten ein Geheimnis aufdecken, das ihm selbst entgangen war.

Auf dem Heimweg war die Freude, die er bei der Ankunft in der Videothek noch verspürt hatte, einer gewissen Angst gewichen, auf einmal bekam alles eine Dringlichkeit. Auf einmal war da die Befürchtung, die Dinge könnten einmal mehr außer Kontrolle geraten. Er versuchte, sich zu beruhigen; fuhr in die Tiefgarage, wie immer gehetzt, parkte den Wagen und ging auf direktem Weg zum Briefkasten, öffnete ihn vorsichtig, hatte für Sekunden Angst, er könnte sich geirrt haben, und gleich darauf die Erleichterung, nein, der Brief war da, und er war endlich bei ihm. Er nahm die Post und verstaute alles in dem Beutel mit den Filmen, drückte dann den Knopf des Aufzugs. Mit ihm warteten noch ein paar andere, und er nickte dem Nachbarn zu, mit dem er sich manchmal unterhielt. Während er wartete, im Beutel die Filme und die Post, besserte sich seine Stimmung, weil er den ganzen Abend noch vor sich hatte, nichts hielt ihn auf, auch keine Verabredungen, die ihn eigentlich kaltließen, es gab nur ihn und sonst niemanden. Zuerst würde er die Post durchsehen, dachte er, und versuchte, diesem Gedanken einen gleichgültigen Anflug zu geben, einen lockeren Anstrich, danach würde er den Fernseher anstellen, einen Film sehen, irgendeinen. Aber er belog sich selbst, da war keine Gleichgültigkeit, keine Lockerheit. Dort im Aufzug, in der Stille, wurde ihm klar, dass ihn zum ersten Mal seit langer Zeit etwas wirklich berührte und erreichte.

22. Januar

Liebster,

der Tag ist im Nebel erwacht, ein Sommertag, aber seltsamerweise kalt, feucht, eine Feuchtigkeit, die in alle Knochen zieht. Völlig ausgekühlt bin ich aufgewacht, das Laken war seitlich aus dem Bett gefallen, und ich lag ausgekühlt da und schlief, nur war es nicht kalt genug, als dass ich davon aufgewacht wäre. Heute bin ich spät aufgewacht, habe mich ins Bad geschleppt, den Boiler eingeschaltet und mich im Spiegel betrachtet, mein Gesicht im Spiegel, jedes Mal noch weniger wiederzuerkennen. Dann der Brausekopf, eine warme Dusche. Ich hätte alles für eine Badewanne gegeben, das weißt du, wie oft ich das zu dir gesagt habe, was gäbe ich doch für eine Badewanne, in der ich dann stundenlang im warmen Wasser hätte liegen können. Der Genuss, geborgen zu sein im warmen Wasser. Ich denke oft an Menschen, die so sterben, in der Badewanne. Ein romantischer Tod, findest du nicht? Nicht das Aufschneiden der Pulsadern, was mir entsetzlich gewaltsam erscheint, Gewalt ist ohnehin immer abscheulich, oder? Und ich, die immer so viel Angst vor Gewalt hatte, das weißt du ja, oder weißt du das nicht? Darum auf keinen Fall das Aufschneiden der Pulsadern und dann all dieses Blut, das Blut, ich, die immer so viel Angst vor Blut hatte, manche Leute fallen sogar in Ohnmacht, wenn sie sehen, wie das Blut einfach so aus dem Körper herausströmt, warum ist das wohl so? Vielleicht weil es ein Symbol ist, ein Zeichen dafür, dass da etwas Verborgenes im Körper existiert, etwas, das lebt, pulsiert und ausströmt, ein ganzes unabhängiges Leben im Körperinneren, ein geheimes Leben, wie eine Art Fremdkörper. Vielleicht darum der Schreck, wir, die wir uns als Hohlraum vorgestellt haben, aber nein; wir, die wir uns als rein vorgestellt haben, aber nein. In uns eine ganze Anhäufung von Zellen und Gewebe und Organen. Ich erinnere mich noch, wie wir im Biologieunterricht gelernt haben, dass das Fett im Inneren des Körpers gelb sei, und vor Ekel das Gesicht verzogen haben, Kilos und noch mehr Kilos aus einer Art von Gewebe, einem gelben Schwamm. Für manche ist der Körper heilig, hast du das gewusst?, dieses Behältnis aus gespeicherter Energie. Aber das habe ich nicht im Biologieunterricht gelernt, sondern erst sehr viel später. Im Biologieunterricht haben wir gelernt, das Blut sei blau. Hast du das gewusst?, dass das Blut im Inneren des Körpers blau ist. Erst wenn es mit Luft in Berührung kommt, dem Sauerstoff in der Luft, färbt es sich rot. Das blaue Blut, das wir nur dann erkennen, wenn wir unsere Adern ganz genau betrachten, es hinter einem Schleier aus Haut und Arterien sehen, das blaue Blut, das uns verborgen ist, das wir uns nur vorstellen können. Im Inneren des Körpers existiert irgendetwas Mysteriöses, findest du nicht? Und Gewalt, ja, Gewalt ist nichts anderes als eine Annäherung an dieses Mysterium, an diesen schwer vorstellbaren Inhalt. Vielleicht ist der Täter, der Totschläger und Mörder nur jemand, der diese Faszination hat, der zweifelt, jemand, dem diese Fragen keine Ruhe lassen, nur das. Wie das Kind, das, ohne an die Konsequenzen zu denken, den Körper eines Frosches öffnet, um das Mysterium in dem Frosch zu erkennen, dieses Pulsieren, dieses Etwas, das bewirkt, dass er sieht, sich bewegt, leidet, Hunger hat und Angst und alles andere, was aus ihm einen Frosch macht, wie ein Chirurg mit seinen Handschuhen und den sterilisierten Instrumenten, ein Chirurg, der einen langen Schnitt durch den Körper macht, nur um das zu sehen, was pulsiert, und damit verhält sich der Chirurg wie der Täter und der Mörder. Der Körper, der sich öffnet, der zur Schau gestellte Körper und der Schmerz, der damit einhergeht. Wird das Mysterium zu einem von Schmerzen begleiteten? Der physische Schmerz, den wir dem anderen zufügen, vom ganz subtilen bis hin zum unerträglichsten, ob der physische Schmerz eine Form des Staunens ist? Eine Form, sich lebendig zu fühlen, eine Form von Genuss? Ist der physische Schmerz vielleicht eine Form von Religiosität? Eine ganz tiefe Form der Liebe? Die Liebe eines Menschen, der seinen Körper der schlimmsten Gewalt aussetzt, den größten Grausamkeiten, von einem Menschen, der ihn geöffnet bettet, sanft und liebevoll auf jede erdenkliche Oberfläche, auf einen OP-Tisch, auf ein Bett, auf einen Altar.

Und kann es eine größere Form von Gewalt geben, als in den Körper des anderen einzudringen, mit einem Dolch, einer Kugel, jedem erdenklichen Instrument, das den anderen penetriert, jede Art von spitzem Gerät oder Werkzeug? Wie ist es möglich, in den Körper des anderen einzudringen, einfach so, ungestraft? Ist das Einführen irgendeines Instruments in den Körper eines anderen Menschen nicht ein Akt der Auslöschung? Und wie nur kann man, nachdem man im Körper eines anderen gewesen ist, umhüllt von den geheimnisvollsten und geheimsten Geweben des anderen, und sich, übersät mit Gerüchen, Schleim und Feuchtigkeit, wieder aus ihm zurückgezogen hat, übersät mit absoluter Intimität, wie kann man da unversehrt gehen, frei, und sich einfach auf die Seite drehen, die Augen schließen und schlafen, als wäre nichts geschehen, diese extreme Form der Gewalt, wie kann man am Tag danach aufwachen, sich anziehen und gehen?, frage ich dich. Wie kann man gehen, während der andere dort liegen bleibt, auf dem OP-Tisch, dem Bett, dem Altar, der andere dort, reglos, entblößt, zur Schau gestellt? Der andere mit den zurückbleibenden Spuren, beschmiert, und mit seinen Schmerzen; die Gewalt und die Liebe, der Genuss der Gewalt und der Liebe für immer in ihn eingebrannt, der andere mit seinem weit geöffneten Körper und dem Fenster, der Sonne und dem Morgenlicht, während da draußen die Leute Zeitungen kaufen, Kinder ihre Schuluniform tragen und alles seinen Gang geht. Denn du, du weißt genau, wovon ich rede. Auch wenn ich es nicht ausspreche, weißt du die ganze Zeit, wovon ich rede. Denn du und ich, wir wissen es, weil es ein unsichtbares Band gibt, das uns verbindet. Wie ein Lied, das Lied, das an diesem Tag lief, weißt du noch? Als wir an dieser einen Stelle vorbeikamen und du mich angeschaut und etwas gesagt und gelacht und mir übers Gesicht gestrichen hast. Genau in diesem Augenblick, das Lied, das lief und uns begleitet hat, unser Lachen, unsere Gesten, das Lied, das in unserer Erinnerung mit dieser Liebe verbunden ist. Denn später, auch wenn das Leben weitergeht, für mich, für dich, später, jedes Mal, wenn das Lied zufällig irgendwo läuft, auf einer Party, in einem Film, in einem Bahnhof, kehrt alles mit ihm Verbundene zu uns zurück. Das ist es also, du weißt, wovon ich rede, auch wenn ich es nicht ausspreche, auch wenn ich nicht bis dahin komme, es zu sagen, und nur das Lied bleibt und das Vage des Lieds, während ich dich immerzu frage, weißt du noch? Selbst wenn nur ich frage und nur ich antworte und es nur meine Stimme ist, ja, ich weiß es noch, ein Lächeln und die Gewissheit von jemandem, der der Vergangenheit etwas entreißt.

Ich erinnere mich an alles, vom ersten Tag, vom ersten Blick an. Irgendjemand hat mir mal gesagt, in diesem ersten Blick wäre schon alles enthalten, die Liebe, die erste Begegnung, die Wiederbegegnung, die Trennung, der Genuss, der Schmerz, das Leben und der Hass, alles, was folgt, existiert schon in diesem ersten Blick und wird dann nur noch abgespult. Nicht wie ein Film oder ein geheimnisvolles Wissen, nicht als großes Rätsel, sondern nur wie eine logische Abfolge von Fakten und aneinandergereihten Tatsachen. Damals, im Moment dieses ersten Blicks wusste ich schon alles, was dann kommen sollte, und alles, was käme, wenn ich mich einlassen würde, Liebe zulassen würde, ihr Wachsen und ihr Ende. Wie ich das wissen konnte? Vielleicht weil all das mir gehörte, ich diesen Augenblick mitgebracht hatte, diese Möglichkeit, von Anfang an. Wie wir alle unser Leben und die Auffächerung unseres Lebens mitbringen, den Verdruss des Alltags und der offensichtlichen Dinge des Alltags, Aufwachen, Schlafen, Arbeiten, Essen, Lieben, Zuhören, Verzeihen, Einkaufen, immer alles in einer Komfortzone, immer alles ganz ruhig und langsam und traurig, das Leben, das wir so zerbrechlich aufgebaut haben, das gewöhnliche Leben, das Leben, das wir verpflichtet sind zu leben, mit dem aber immer ein Schatten verbunden ist, dieses Ungleichgewicht, diese Möglichkeit. Das Chaos lauert uns immer auf, in jedem Moment, denn wir sind es, die es mit herumschleppen, immer in Warteposition, in der geheimen Hoffnung, dass endlich etwas geschieht, dass etwas geschieht und uns antreibt, aber worauf zu? Auf das zu, wonach wir uns sehnen, wovor wir uns ängstigen, was wir uns nie getraut haben auszusprechen? Der erste Blick ist nur die Bestätigung, ein Widerschein im Bad am Morgen, der erste Blick, eine Art Spiegel, in dem wir uns zum ersten Mal sehen, nicht wiedererkennen, in dem wir zum ersten Mal die Ketten und den Schmuck erkennen, den wir tragen, und bewundernd begreifen wir darin das, was extrem schön an uns ist. Verstehst du? Ich finde es auch nicht ganz leicht, aber ich versuche, es dir zu erklären, aber wozu denn?, würdest du fragen. Damit du mich liebst? Vielleicht.

Erinnerst du dich an unsere erste Begegnung? Ich bin auf dich zugekommen und habe irgendetwas gesagt, was war das noch mal genau? Seltsam, ich weiß es nicht mehr. Wie könnte unser erster Satz gelautet haben, die erste Frage, wie hat diese erste Frage gelautet, die ich dir gestellt habe? Und du, was hast du geantwortet, ich weiß es nicht mehr, seltsam, oder? Dass ich mich an den ersten Blick von mir zu dir erinnere und an alles, was darin lag, und den Rest vergessen habe, meine Frage, deine Antwort, was hattest du an, hast du geraucht, gelächelt, etwas getrunken oder war das ein leeres Glas, was du in der Hand hattest? Ich weiß es nicht mehr. Warum nur vergessen wir das Wichtigste immer? Ich weiß aber, dass wir uns unterhalten haben und du an irgendeiner Stelle gefragt hast, ob du mich denn nicht nach Hause begleiten solltest. Ist es so gewesen? Oder waren das meine Worte? Ich weiß es schon nicht mehr, aber ich erinnere mich daran, wie du mit mir im Aufzug nach oben gefahren bist, ich die Tür zu meiner Wohnung aufgeschlossen und einen Blick ins Wohnzimmer geworfen habe, auf die Möbel, und das Gefühl hatte, ich würde den Raum zum allerersten Mal betreten, als wäre das alles, die Wohnung, die Möbel, ich selbst, als wäre mir das alles fremd. Ich habe dir etwas zu trinken angeboten, so war es doch, oder? Du hast gelächelt, daran erinnere ich mich, wie du gelächelt hast, und ich habe mich gefragt, was dein Lächeln wohl bedeutet, was du denkst, und ich hätte alles gegeben, hätte ich deine Gedanken lesen können. Und ich fühlte mich weiter seltsam, als wäre ich der Gast. Als wäre ich zum ersten Mal in meiner Wohnung.

Was dann folgte, war mehr oder weniger das Erwartbare, weißt du noch? Zumindest am Anfang. Ich erinnere mich, wie dein Körper meinem mit langsamen Bewegungen begegnet ist, deine Hand in meinen Haaren, auf meinem Rücken, ganz langsam über meinem Rücken, deine Küsse, sanft, deine Worte voller Zärtlichkeit und Zuneigung. Deine zaghafte Annäherung. Am Anfang. Eine Begegnung wie jede andere. Später, von einem Moment auf den anderen ein Gespräch in deinen Gesten, ein Schrecken, eine Rückkehr zu etwas Früherem, zu etwas, das schon immer da gewesen war, zwischen uns, und dem wir uns jetzt annäherten, und wir erkannten uns wieder, und dann war dein Rhythmus ein anderer und deine Berührung eine andere. Deine Hand packte jetzt zu, die Handfläche ausgestreckt, deine Hand, die meine zudrückte, dein Mund auf meinem Mund, und ich, die sich in dir verlor und in den Worten aus deinem Mund, in den schönen Worten, obszön und beängstigend, den Worten aus deinem Mund. Du, der du nichts als Kraft und Trieb warst, ein seltsamer Henker, etwas sehr Altes, und mich in einer gierigen Umarmung gefesselt hieltst, nichts als Kraft und Trieb, und mein Körper, der darauf antwortete, auf jede Bewegung, fügsam wie nie zuvor.

Und in diesem ersten Mal lag schon der Kern dessen, was wir an allen anderen Tagen dann waren, in allen anderen Nächten. Deine Wut und deine Sanftheit, aber Wut worauf? Wut auf mich?, fragte ich mich. Wie konntest du wütend auf mich sein, wenn du da warst, neben mir schliefst und mich in meinem Bett umarmtest? Und wie war es möglich, dass ich diese Wut von Anfang an fühlte? Denn ich fühlte sie.

Dabei gab es so viele Hinweise. Am Tag darauf erwachte ich mit einem schmerzenden Körper, blauen Flecken, die sich, angefangen im Nacken, in ausschweifenden Mustern über meinen ganzen Rücken zogen, die Beine hinab, blauviolette, schwarzviolette Flecken, und ich sah mich im Spiegel an, sehr lange, ohne dass ich mich hätte erinnern können, und ohne zu verstehen glaubte ich, ich müsse mich mit dem Arm wohl an der Sessellehne gestoßen haben, an der Bettkante, an allen möglichen Stellen, durch alle möglichen Unvorsichtigkeiten. Manchmal hatte ich Schmerzen am ganzen Körper, am Tag danach, überall, wie habe ich das nur ausgehalten? Aber ich gestehe dir etwas, soll ich? Ich gestehe dir, dass ich mich am Tag danach, wenn du fort warst, immer vor den Spiegel stellte, mich betrachtete und schön fand, das Gefühl hatte, nie schöner gewesen zu sein, mein Gesicht nicht wiederzuerkennen. Der Körper so zerbrechlich und schön, von äußerster Schönheit, einer einzigartigen Schönheit. In dieser Zerbrechlichkeit lag Perfektion, die hinterlassenen Spuren, die sie nur noch mehr betonten. Ich gebe zu, dass ich selbst diese Spuren hortete, sogar den Schmerz bewahrte ich auf, wie jemand, der ein Foto aufbewahrt, ein Geschenk oder eine Telefonnummer auf einer Serviette. Es war die Bestätigung, dass du tatsächlich da gewesen warst, tatsächlich bei mir, die ganze Nacht. Selbst, wenn du gegangen wärst, mich nie mehr gewollt hättest, nie zurückgekommen wärst. Ich betrachtete mich im Spiegel und streichelte mich, und ich sah in diesen Zeichnungen, diesen Spuren, einen Abdruck, ein Mal, etwas sehr Intimes von dir, das ich jetzt an mir trug.

A.

IV.

Ein halbe Stunde zu spät betrat Fabiane das Restaurant. Sie trug ein Sommerkleid, leicht und dekolletiert. Die Verspätung war beabsichtigt, selbstverständlich. Sie hatte eine Entschuldigung parat, der Verkehr, immer dieser Verkehr. Er bemühte sich, seinen Ärger zu überspielen, lächelte, log, als er sagte, auch er sei zu spät gekommen, stimmt, der Verkehr sei wirklich schrecklich gewesen. Ein paar Minuten redeten sie weiter über das Chaos auf der Straße, der Kellner kam, sie bestellten die Getränke. Sie ein Glas Champagner, er ein Bier. Fabiane war eine Frau, die in einem Restaurant Champagner trank, wo auch immer sie war, genau wie seine Exfrau. Einen Augenblick lang schaute er ihr zu und verstand zum ersten Mal, dass sie sich sehr ähnlich waren, der Champagner, der Kleidungsstil, sogar in der Angewohnheit, sich ständig die Haare hinter die Ohren zu streichen. Und auch in ihren Forderungen, wobei ihnen doch nichts je genügte, nie. Tentakel-Frauen, Vampir-Frauen, die ihn in die Mangel nahmen, ihn aussaugten, wo sie nur konnten, und ihn dann einen Egoisten nannten. So war es immer. Es war schon in ihrem Blick angelegt, den sorgfältig geschminkten Augen, es sollte schließlich natürlich aussehen, gleichzeitig waren diese Frauen aber bereit, sich über alles zu beschweren, nichts genügte, weder Aufmerksamkeit, noch Liebe oder Zärtlichkeit, und je mehr er gab, umso unzufriedener zeigten sie sich, immerzu strahlten sie Ablehnung aus. Er fühlte sich schuldig, selbst wenn er es nicht wollte, weil – vielleicht – auch er überzeugt war, er könnte und sollte noch viel mehr geben. Als könnte er noch viel mehr geben. Mal fühlte er sich ihnen gegenüber unsicher, mal war er wütend, wie jetzt. Er wünschte sich eine Frau, die, statt nur einzufordern, auch selbst bereit war, etwas zu geben. Er wollte keine Prinzessin, die nie von ihrem Thron hinabstieg, sondern eine Frau, die echt war, verliebt, zugänglich, zu Nähe fähig und da, frei von Angst und Erwartungen und ohne diese Distanziertheit, die dem Selbstschutz diente. Die Dinge nahm, einfach so, wie sie waren. Eine Frau, die auch bereit war, zu verlieren, und sich in ihm verlor. Eine Frau, die bereit war, zu verzeihen. Aber vielleicht war das nur eine romantische Vorstellung, eine egozentrische Romantik, vielleicht das Ergebnis einer Krise, die er zwar schwach erkannte, aber nicht vollständig verstand. Mit der Geburt seiner Tochter hatten eine Mutlosigkeit, eine Ängstlichkeit und ein Unwohlsein eingesetzt, die in den letzten Jahren nur angewachsen und jetzt im Begriff waren, sich fest einzunisten. Reine Romantik, aber warum nicht, dachte er, hatte er denn kein Recht auf eigene Wünsche und Ansprüche?

Fabiane nippte an ihrem Glas Champagner, wie seine Exfrau, verglich er weiter. Immer vorsichtig, wie seine Exfrau, jede Bewegung überlegt, tadellos, warum nicht einfach trinken, ohne Angst, eine Frau, die auch mal Wodka trank, Tequila, auf ex, und dann einen glasigen Blick bekam und grinste. Ihn dann irgendwie überraschte. Aber nein, Fabiane war die Kontrolle in Person, wirkte wie eine Schaufensterpuppe, als könnte jederzeit überraschend jemand auftauchen und als müsste sie dann vorbereitet sein. Aber de facto würde sie nie jemand überraschen. Und auch sie würde nie jemanden überraschen. Er war wütend.

Vielleicht weil sie seine Wut spürte, fragte sie:

«Marcos?»

«Ja?»

«Ach nichts. Es ist nur ... du wirkst nicht sehr interessiert an dem, was ich gerade erzähle.»

«Doch, es interessiert mich, ich war nur kurz abgelenkt.»

«Was darauf hinausläuft, dass du mir nicht zugehört hast.»

«Natürlich habe ich dir zugehört, Fabiane, ich habe nur eine Sekunde lang an etwas anderes gedacht, das ist alles, das passiert doch jedem mal.»

«Und woran hast du gedacht?»

«Keine Ahnung, hab ich schon wieder vergessen. War nicht wichtig.»

Fabiane nahm ihm die Erklärung nicht ab. Sie nippte noch ein bisschen an ihrem Glas. Und um das Thema zu wechseln, fragte er:

«Was wollen wir denn zu essen bestellen?»

«Warum hast du es so eilig, willst du gleich wieder gehen?»

«Nein, Fabiane, ich habe Hunger, ich würde gern bestellen, das ist alles.»

Sie warf ihm einen wütenden Blick zu. Irgendetwas stimmte nicht zwischen ihnen an diesem Abend. Aber vielleicht hatte es nie gestimmt und es war ihm erst jetzt bewusst geworden. Seit sie sich kennengelernt hatten, damals war er noch verheiratet gewesen, hatte Fabiane sich mehr erhofft. Nach der Trennung war es eine Forderung geworden, wo ihn doch nichts mehr daran hinderte, sich dafür zu entscheiden. Wofür?, hatte er gefragt; mit ihr zusammen zu sein, hatte sie geantwortet, sich für eine echte Beziehung mit ihr zu entscheiden. Er warf ein, und bis jetzt war das dann wohl alles nur unecht? Sie hatte gelacht. Nach der Trennung gab es Fabiane, das stimmte, aber es gab auch die Einsamkeit und andere Möglichkeiten. Verschiedene Bekannte, keine zu engen Freundinnen, aber angenehm, oder vielleicht genau darum angenehm.

Freundinnen, die ab und zu auftauchten und deren Hauptaufgabe darin bestand, zu verhindern, dass irgendwer zu viel Raum bekam, vor allem Fabiane. Obwohl wir Erfahrungen sammeln, machen wir immer wieder dieselben Fehler, dachte er. Er war nicht gemacht für diese Freundinnen, angenehm und distanziert, auch für Fabiane war er nicht gemacht.

«Hätte ich gewusst, dass du so wahnsinnig gute Laune hast, wäre ich zu Hause geblieben.»

Er tat so, als hätte er ihre Bemerkung nicht gehört, trank sein Bier aus und sagte:

«Gestern habe ich einen ziemlich interessanten Film gesehen, auf DVD.»

«Marcos, jetzt lenk nicht schon wieder ab, das machst du immer, wenn dich etwas nicht interessiert, dann wechselst du einfach das Thema, das finde ich feige von dir.»

«Feige?»

«Ja, genau, feige.»

Er machte eine kurze Pause, versuchte, sich zu beherrschen, sagte dann aber:

«Fabiane, und ich finde, du solltest deinen Grips einschalten, bevor du den Mund aufmachst.»

Sie sagte nichts, stand auf und griff nach ihrer Tasche. Er dachte schon, sie würde gehen, aber dann lief sie bloß in Richtung Toiletten. Er blieb sitzen, spielte mit dem leeren Glas, dem Besteck, der Serviette. Früher war er nie so barsch gewesen, allerdings hatte er überhaupt noch nie so mit ihr gesprochen, auch nicht im Streit. Er hatte die Nerven verloren und wusste nicht einmal, woher dieser Ärger in ihm kam, als empfände er alles, was sie sagte, als Angriff. Dabei war sie gar nicht anders als sonst. Er war es, dem es nicht gut ging. Er hätte absagen und sich irgendeine Ausrede einfallen lassen sollen. Gleich am Morgen, als da wieder der Briefkasten gewesen war, derselbe Verlauf, die Lektüre. Vielleicht hatte sich etwas verändert, wagte er sich vorzustellen, einfach so, ganz schnell. Aber das half ihm jetzt nicht, er würde sich entschuldigen und versuchen, etwas von diesem Abend zu retten. Es störte ihn, dass ihn alles so aufwühlte, diese Briefe, die gar nicht für ihn bestimmt waren, daran hatte er den ganzen Tag denken müssen, an den eigentlichen Adressaten, den Vormieter. Sobald er nach Hause kam, würde er mit dem Portier reden, ihn um die Adresse des anderen bitten, um dessen Telefonnummer; er würde ihn aufsuchen und ihm die Briefe bringen, sich endlich von ihnen befreien. Er wollte jetzt nicht länger daran denken, auch wenn er es die ganze Zeit über tat, fast unmerklich. Er spürte nur, wie sich ganz leicht etwas in ihm einnistete. Aber vielleicht gab es gar keine Leichtigkeit. Es mussten schon um die zehn, zwanzig Minuten vergangen sein, und Fabiane kam immer noch nicht zurück, fiel ihm plötzlich auf, so gedankenversunken war er gewesen. Vielleicht war sie gegangen, durch den

Hinterausgang, er überlegte, ihr hinterherzugehen. Aber dann kam sie, kam mit geröteten Augen von der Toilette zurück, die Haare hinter die Ohren gestrichen. Sie war in der Tat eine sehr schöne Frau, dachte er ein wenig traurig, nicht ihretwegen, sondern seinetwegen, seiner Begrenzungen wegen, seiner Unfähigkeit wegen, sie so zu nehmen, wie sie war, ihre Gesellschaft anzunehmen, sie einfach gernzuhaben. Sie setzte sich, ohne ihn anzuschauen. Er legte seine Hand auf ihre. Versuchte, einen versöhnlichen Ton anzuschlagen.

«Es tut mir leid, ich wollte das nicht sagen.»

«Ist schon gut, ist schon vorbei.» – Sie mied den Blickkontakt.

«Es geht mir heute nicht besonders.»

«Ist irgendwas passiert?»

«Nein, nichts Besonderes, nur Stress im Büro, das Übliche.»

Daraufhin deutete sie ein Lächeln an. Genauso schnell, wie Fabiane in Wut geriet, war sie wieder zu einer Versöhnung bereit, dachte er fast zärtlich. Gleich darauf kam der Kellner mit dem Essen. Sie aßen. Beide taten so, als wäre nichts vorgefallen. Sie redeten über die Dinge, über die sie sonst auch redeten. Er erzählte von seiner Arbeit, vom Wochenende und seiner Tochter; sie beklagte sich über ihre Mutter, ihre Schwester, die ganze Familie, beklagte sich auch über ihre Einsamkeit und ihre Arbeit.

Er aß Lasagne, sie gratinierte Meeresfrüchte. Er bestellte noch ein Bier, sie einen Weißwein. Er gab sich Mühe, nicht wieder genervt zu wirken. Sie gab vor, es nicht zu merken.

Als das Abendessen und das Gespräch sich dem Ende neigten, die Rechnung schon bezahlt war, jeder noch einen letzten Schluck vor dem Hinausgehen nahm, kam die Frage, die er erwartet hatte, nicht so früh, aber doch erwartet hatte:

«Und jetzt?»

«Was meinst du?»

«Na, willst du mich nicht noch auf ein Glas mit zu dir einladen?»

Das war keine Einladung, sondern eine Forderung, dachte er einige Sekunden lang. Und sie hatte noch nicht einmal gewartet, bis sie beim Auto waren. Das Leichteste wäre, er würde Ja sagen, sie ins Schlafzimmer führen, ins Bett, aber in diesem Augenblick kam ihm genau das viel schwieriger vor, das, was das Leichteste gewesen wäre. Wenn er sie zurückwies, würde es das Ganze nicht gerade verbessern, allerdings wollte er ja auch nicht, dass sich das Ganze verbesserte. Er dachte an den Morgen. Er wollte nicht. Und doch war es immer schwer, einer schönen Frau einen Korb zu geben, gleichzeitig bestand immer ein gewisses narzisstisches Vergnügen darin, einer schönen Frau einen Korb zu geben. Er sollte öfters Nein sagen. Aus Rache.

«Fabiane, heute geht's nicht.»

Er holte tief Luft, setzte an, versuchte, die Dinge nicht zu bedeutungsschwanger klingen zu lassen.

«Ich muss morgen früh aufstehen, ich hab eine Besprechung», sagte er und spielte mit der Serviette.

Eine Besprechung war eine ziemlich abgegriffene Ausrede, er hätte sich etwas Besseres ausdenken können, etwas Überzeugenderes, aber es stimmte, er hatte am nächsten Tag tatsächlich gleich morgens eine Besprechung. Manchmal war es besser, nicht die Wahrheit zu sagen. Jetzt war es zu spät.

«Eine Besprechung ...» Fabiane schaute ihn ungläubig an.

«Ja, eine Besprechung. Und davon abgesehen bin ich wirklich sehr müde, sei mir nicht böse.»

Seine eigene Stimme kam ihm gekünstelt vor, sei mir nicht böse, Fabiane, so drückte er sich sonst nie aus. Sie schien zu verstehen, fühlte sich wahrscheinlich zurückgewiesen, abgelehnt, behielt aber trotzdem die Fassung und tat so, als würde es ihr nichts ausmachen.

«Ich bin dir nicht böse, natürlich nicht. Ist ohnehin besser so, ich muss morgen auch früh raus.»

Sie versuchte, möglichst scharf zu denken, während sie schon redete, überlegte vielleicht, wie sie am besten reagieren sollte, suchte nach einem Satz, der sie schnellstmöglich aus dieser unangenehmen Situation rettete und ihr ihre Würde zurückgab, ihre Eleganz und die Art von jemandem, der Champagner trank. Er schlug vor:

«Ich rufe dich dann danach an, wir können uns für's Wochenende verabreden. Was meinst du?»

«Ja, klar, so machen wir's.»

Das war eine Lüge, das wusste er, er würde natürlich nicht anrufen. Sie wusste es auch. Der Abend endete noch vor zehn, zumindest der Abend mit Fabiane. Er hatte sie nach Hause gefahren, sich im Auto verabschiedet, vor dem Gebäude. Er hatte ihr einen flüchtigen Kuss gegeben und versucht, die Situation von jeglicher dramatischen Note frei zu halten. Sie war hineingegangen, ohne sich umzudrehen. Ganz langsam hatte er auf das Gaspedal gedrückt, als hätte er Angst vor einer Überraschung, als würde er sich ausmalen, jedes Geräusch könnte sie in Alarmbereitschaft versetzen, sie plötzlich umkehren und auf ihn zulaufen, gegen die Scheibe schlagen und Lippenbewegungen vollführen lassen, die er nicht verstand. Aber sie drehte sich nicht um. Und er dachte den ganzen Heimweg, dass es vielleicht doch ungerecht gewesen war. Denn eigentlich war er schon mit der Absicht ins Restaurant gekommen, sie nicht zu mögen, alles, was sie sagte, abzulehnen, sie nicht zu wollen, damit das nun Gewesene dann auch seinen Lauf nehmen würde. Fabiane wusste nichts von diesen letzten Tagen, hatte keine Chance, sich zu wehren. Wahrscheinlich hatte er sich unfair verhalten.

Als er jetzt auf dem Sofa saß, dachte er, es sei besser so, und stellte sich vor, es sei die letzte Verabredung mit ihr gewesen, aber vielleicht war es nicht die letzte, vielleicht gab es immer noch Raum für weitere, doch ganz gleich wie, er selbst würde sich auf jeden Fall nicht mehr bei ihr melden.

23. Januar

Liebster,

alles wäre einfacher, wenn es nur das gegeben hätte, nur die Gewalt und das Blut, die hinterlassenen Spuren am Tag darauf, nur die schrecklichen Dinge. Dann könnte ich dich zutiefst lieben oder hassen. Aber nein. Es hat auch andere Seiten an dir gegeben, andere Momente, manchmal war da eine Zärtlichkeit, und ich fragte mich, wo diese liebevolle Art herkam, wo plötzlich deine Hilflosigkeit herkam? Es gab etwas in dir, das zärtlich war und mich berührte, als würdest auch du die ganze Zeit leiden. Ich sah dich dann jedes Mal überrascht und verzaubert an. Was war der Grund für dein Leid? Diese seltenen Momente nach all der Gewalt und all dem Hass, zärtliche Momente, in denen du den Kopf in meinen Schoß gelegt und gelitten hast und ich dablieb, Angst hatte, eine falsche Bewegung zu machen, ein falsches Geräusch, irgendeine Geste, die diesen Moment auslöschen würde, diese Vergebung und Stille, die uns verband. Ganz vorsichtig streichelte ich dir übers Gesicht, fuhr mit der Fingerspitze über deine Stirn und deine Schläfen entlang, über deine Augen, fuhr mit der Spitze meiner feuchten Finger über die langen Wimpern deiner geschlossenen Augen und dachte, mein Gott, wie schön dein Gesicht doch war. Manchmal bist du schnell eingeschlafen und ich bin neben dir liegen geblieben, mit der Schlaflosigkeit als meiner Begleiterin habe ich neben dir Wache gehalten, und du hattest nicht das Gesicht eines Kindes, wie es schlafende Männer sonst haben, das habe ich schon mal zu dir gesagt, ein schlafender Mann ist ein entwaffneter Mann, eher ein Junge, aber nicht du, auf deinem Gesicht lag diese Unruhe, diese Angst. Ich habe es immer erschreckend gefunden, dass manche Menschen im Schlaf leiden, wenn endlich Ruhe einkehren sollte, als würde sich dir im Schlaf schließlich das tiefste Leid und das größte Dunkel zeigen, dachte ich, deinen Kopf in meinem Schoß und die Stunden der Nacht und der Morgendämmerung um uns. Ich bewachte deinen Schlaf, deine Albträume, als wärst du ein Kind und ich voller Zuneigung und Liebe, dachte ich und hätte dir alles gegeben, wäre zu allem fähig gewesen, dich in mir zu tragen, zu gebären und zu versorgen, dich auf meinem Arm in den Schlaf zu wiegen und ein altes Lied zu summen, irgendetwas, das dich beruhigen würde, meine Fingerspitzen noch feucht von deinen Tränen oder von den vielen anderen meiner Sehnsüchte. So groß war meine Liebe.

Und es gab noch mehr von diesen anderen Seiten. Die gibt es immer. Die Geheimnisse, die sich in den Rissen des äußeren Scheins verbergen, in den Mängeln der Figur, die wir uns zurechtgelegt haben. Am Tag darauf sah ich im Spiegel neben den Spuren und dem Schmerz dieses

Weiche, das blieb, und etwas unglaublich Schönes, etwas, das mich faszinierte, und das veränderte alles, einfach alles, verstehst du?

Aber vielleicht verstehst du es nicht, oder vielleicht denkst du, ich reproduziere nur Wiederholungen, lauter Gedanken, die andere schon formuliert haben, lange vor mir und sehr viel besser. Kann sein. Darum frage ich mich jetzt, ist das, was ich sage, denn auch wirklich, was ich sage? Vielleicht glaube ich naiverweise, ich würde mich entblößen, ja, verletzlich machen, über Liebevolles und Zärtlichkeiten mit dir sprechen, obwohl ich dich in Wahrheit zerstöre, willentlich und genussvoll. Vielleicht glaube ich naiverweise, ich könnte dich zurückgewinnen. Werde ich dich zurückgewinnen? Obwohl ich in Wahrheit Stück für Stück etwas vorbereite, was uns voneinander trennt, etwas, das uns definitiv auseinanderbringt. Oder, noch schlimmer, woher weiß ich denn, dass in dem, was ich zu dir sage, was ich dir unter solchem Kraftaufwand sage, nicht noch andere, mir nicht zugängliche Motive stecken, andere Impulse? Die niederträchtigsten, die gemeinsten, ohne dass ich es gewollt hätte, ohne dass ich es gewusst hätte, etwas, das mir entging, immer gab es etwas, das mir entging und mich verriet. Wie hätte ich das Schlechte, das ich in mir trug, kontrollieren können? Werde ich dich zerstören, willentlich, genussvoll, im Glauben, es handle sich um eine Art von Liebe?

Und wie soll man das wissen? Woher weiß ich, ob du bis zu dieser Stelle gekommen bist, den Brief in der Hand hältst, ob du den Mut hattest, denn ja, den braucht man, diesen Mut muss man haben, so lange zu warten und dann so viel Liebe zu bekommen, selbst wenn es sich nur um einen Irrtum handelt. Und alle diese Wörter, deren Bedeutungen sich ständig verschieben, wie kann man da sicher sein? Das geschriebene Wort ist voll von Missverständnissen, genau wie die gesprochene Sprache. Anders als der Blick, der immer verräterisch ist, nichts ist verräterischer als ein Blick, ein distanzierter Blick inmitten einer so großen Liebe, ein perverser Blick, der sich unschuldig gibt, oder der mulmige Blick, wenn der Körper geht und dabei einfache Wörter zum Abschied fallen wie *ciao* oder *vielleicht* oder *bis bald*. Es musste einen Weg geben, die Dinge zu sagen, ohne dass sie uns entglitten, gab es denn keine Möglichkeit, sie zu bändigen? Ich könnte beispielsweise bei jedem Satz eine Fußnote schreiben, eine Erklärung zu jedem Satz, dir die Quelle angeben, von der ich all das hernehme, den Schmerz, den Zweifel, jene Sanftheit, dir sagen, dass dort, wo Tisch steht, eigentlich Schlafzimmer gemeint ist, wo Straße steht, eigentlich Bett, aber nicht irgendein Bett, sondern mein Bett und die Laken, weißt du noch? Ob deine und meine Laken wohl dieselben sind? Und um mich abzusichern noch eine Fußnote, dieser Tag, diese Nacht, die letzte, weißt du noch? Und trotzdem der

Zweifel, sind unsere Tage dieselben Tage? Ja, sogar der Zweifel, ob das du gewesen bist, ob das wirklich du gewesen bist? Das Gedächtnis täuscht sich für gewöhnlich, das Gedächtnis und die Zeit und der Wunsch, dass die Dinge wirklich so gewesen sein mögen, wie wir glauben, dass sie gewesen sind. Bist das wirklich du gewesen an diesem Tag, in dieser Nacht, und sind es auch diese Laken gewesen? Und noch eine Fußnote, die dir wiederholt erklärt: Überall da, wo ich von Hass spreche, meine ich eigentlich Liebe, überall da, wo Hass steht, eine unendlich große Liebe. Und wäre es möglich, schriebe ich einen Text, der nicht nur die Wörter erklären, sondern auch deine Lesart lenken würde. Dort, wo einfache Wörter stehen, banale Wörter, würdest du dann etwas extrem Schönes lesen, etwas Unerwartetes, damit du zurückkehrst, damit du mich liebst und zurückkehrst. Und auch wenn du mich nicht liebst, wäre dieses Lesen doch auch eine Form von Liebe. Dieser Vergleich bliebe, diese Hoffnung. Ich sage das alles, weil mir dieser leere Raum und diese Unmöglichkeit immer Angst machen. Vor allem zwischen uns. Zwischen uns hat es immer Missverständnisse, hat es immer eine Aneinanderreihung falscher Schlussfolgerungen gegeben. Ich habe «immer» gesagt, aber für dich war das gestern, entweder abends oder nachts. Als ich also «immer» gesagt habe, habe ich eigentlich die tiefste Nacht bezeichnet, den Scheitelpunkt der Morgendämmerung, ohne zu wissen und je gewusst zu haben, was ich da sagte. Denn die Wahrheit ist doch, dass man nie wissen kann, was man sagt, wie war es möglich, all das zu sagen, ohne je zu wissen, was man da gesagt hatte? Und es war ständig da, dieses Gefühl, jederzeit etwas Unvorstellbares erschaffen zu können. Wie jemand mit einer gespaltenen Persönlichkeit oder wie jemand, der die Wörter noch beim Aussprechen sofort wieder vergisst und immer im Bewusstsein einer drohenden weißen Leinwand lebt. Ich lebte immer in einer gewissen Angst, glaubte, jeden Moment könne etwas passieren. Irgendetwas passierte immer.

Manchmal war es etwas Beliebiges, irgendeine Kleinigkeit. Wir beide liefen durch die Straßen, unterhielten uns, überall waren Paare, die über Banalitäten sprachen, über Alltägliches, und es reichte ein falsches Wort, etwas, das ich gesagt hatte, oder etwas, das ich nicht gesagt hatte, das war nie ganz klar, und schon war nichts mehr, wie es vorher gewesen war, weder deine Hand, die zuvor noch meinen Arm gestreichelt hatte, noch dein Arm, den du zärtlich um mich gelegt hattest, wir beide unterhielten uns und deine Hand packte mich jetzt auf einmal, deine Finger bohrten sich in meinen Arm, bis meine Haut ganz bleich wurde wie an diesem Tag in der Videothek. Der Film und der Schauspieler, der dir so ähnlich war. Aber auch an vielen anderen Tagen, an jedem beliebigen Ort, und nicht immer waren es deine Finger, die sich in meine

Haut bohrten, sondern es konnte alles Mögliche sein, deine flache Hand in meinem Gesicht, das Knallen und Brennen deiner flachen Hand in meinem Gesicht, was oft noch lange sichtbar war, als würde sich diese Geste mit jeder Sekunde erneuern, und es ist, als würde sie sich auch jetzt erneuern, genau jetzt, in diesem Augenblick, in dem ich dir schreibe und mich ganz vorsichtig im Gesicht berühre und erneut den Schmerz zu spüren versuche, das, was brennt und pulsiert, die gerötete Haut. Wo kam nur dieser Hass in dir her? Und woher das Liebevolle? Und warum schalten sich diese verschiedenen Gefühle ein, ständig, in mir, in dir?, frage ich mich bis heute.

Es war eine oder vielleicht zwei oder drei Wochen nach unserer ersten Begegnung, nach unserem ersten Blickkontakt, ich erinnere mich noch, ich glaube, es war während des Abendessens, an irgendeinem Tag, ganz am Anfang. Ich habe den ganzen Nachmittag gekocht, du warst merkwürdig, als du kamst, hast den Rucksack aufs Sofa geworfen und nichts gesagt, immer war da dieses Schweigen, wenn etwas passiert war. Ich redete weiter, um dich zu besänftigen und um mich zu besänftigen, über das Essen, die Zutaten, den Supermarkt, vielleicht um meine Angst abzubauen, und, ja, vielleicht auch mein Misstrauen, ich redete weiter und stellte dir irgendwelche Fragen. Ich hatte immer diesen Tick, Fragen zu stellen, aber nicht weil ich eine Antwort erwartet hätte, sondern weil ich wie ein Kind mit meinem Blick und meiner Hand die deine suchte, habe ich dir das schon gesagt? Anfangs hast du zumindest noch einsilbig geantwortet, später nicht mal mehr das, aber ich redete weiter, meine Hand suchte deine, insistierte. Ich deckte den Tisch und stellte das Essen hin, während du stumm vor dem Fernseher saßest; ich gab dir Bescheid, dass das Essen fertig sei, und du saßest dort, reglos vor dem Fernseher, weißt du noch? Als du dich endlich an den Tisch gesetzt hast und der Fernseher weitergelaufen ist, bin ich aufgestanden, habe ihn ausgeschaltet und etwas gesagt wie: Ich habe es nicht so gern, wenn der Fernseher beim Essen an ist, oder irgendwas in der Art. Du hast nichts gesagt, da ist nur dein Blick gewesen und die kühle Distanziertheit, die sich durch ihn aufdrängte. Ich habe kaum einen Bissen hinunterbekommen, habe das Gefühl gehabt, wieder etwas Falsches gesagt zu haben, etwas Schreckliches. Du bist ernst beim Essen gewesen und hast geschwiegen, als würdest du mich verabscheuen oder als würde dich etwas quälen. Woher kam all dieser Schmerz? Ich habe dich irgendetwas gefragt, wieder etwas zum Essen, den Zutaten, dem Supermarkt, ich weiß es schon nicht mehr genau. Aber ich weiß, dass es eine letzte Frage gegeben hat, und deine Hand, die auf einmal den Teller vom Tisch gefegt hat, dann der Teller, der zersprungen ist, und das verstreute Essen, der Teller, der zersprungen ist, und das Essen auf dem Boden neben dem

Tisch, und dann, und diesen Satz weiß ich noch genau, bist du laut geworden und hast in diesem Ton, der mich immer versteinern ließ, gesagt: Willst du wohl deine verdammte Fresse halten? Diesen Satz jetzt ausgeschrieben zu sehen, kommt mir so seltsam vor, als handle es sich um eine fremde Sprache. Ich habe ihn extrem grausam gefunden. Dieser Satz und dein ganzer Gestus, der den Satz begleitete, der zersprungene Teller und das verstreute Essen.

Ich blieb reglos sitzen, mir liefen Tränen übers Gesicht, wie oft sind mir Tränen übers Gesicht gelaufen, mir, die sich ständig wiederholte. Ich blieb weiter reglos sitzen, als du schon wieder vorm Fernseher saßest und ich dort, den Blick auf den Teller gerichtet, der auf dem Tisch zurückgeblieben war, die mir übers Gesicht laufenden Tränen. In meinem Kopf kreiste, dass das ein Gewaltakt gewesen war, unaufhörlich kreiste dieser Gedanke in meinem Kopf, ein Akt der Gewalt, das blieb noch lange hängen, auch als ich schließlich aufstand und aufsammelte, was von diesem Tag und diesem Abendessen übrig geblieben war. Der Teller und das Essen auf dem Boden und die Reste deiner Geste, deines Satzes, deine verdammte Fresse, genau das sagtest du doch, oder? Wie viel Zeit war inzwischen vergangen? Ich wusste es nicht, eine Stunde vielleicht, vielleicht auch ein Jahr, ich wusste es nicht. Ich weiß nur noch, dass ich mich, als ich alles aufgesammelt hatte, deine Geste und deinen Satz, und du noch immer vorm Fernseher saßest, auf einen Stuhl in der Ecke des Wohnzimmers setzte, die Beine fest zusammengepresst, die Hände auf den Knien, als säße ich zur Strafe in der Ecke, als hätte ich etwas Schreckliches getan. Stundenlang saß ich auf diesem Stuhl, die Zeit schien stillzustehen und ich war erschrocken, dich so erlebt zu haben, auf diese Art, und hatte Lust, aufzustehen und wegzugehen oder, was viel naheliegender war, dich wegzuschicken, waren es doch schließlich meine Wohnung, mein Sofa, mein Fernseher, wie also war das möglich gewesen? Stattdessen saß ich weiter auf diesem Stuhl, die Beine fest zusammengepresst, bis du mich, noch immer vom Sofa aus, verachtend ansahst und sagtest: Komm her, hör auf zu weinen und setz dich hier zu mir. Du klangst wie jemand, der ein Zugeständnis machte, wie jemand, der dem anderen schließlich verzeiht, setz dich hierher, als ob ich die Schuldige gewesen wäre, dein Blick zeigte auf deinen Schoß. Fast schon glücklich stand ich auf, habe ich dir das je gesagt? In diesem Augenblick, als ich vom Stuhl aufstand, war ich fast schon glücklich, und das verwunderte mich, wie konnte das sein? Ganz langsam lief ich auf dich zu, mein Rücken schmerzte, mein ganzer Körper schmerzte von diesem einen Satz, von dieser einen Geste, mein Körper, der mir auf einmal schwer vorkam, und ich schleppte ihn gleichsam hinter mir her, während du dort saßest und sagtest, komm her, wie eine Erlösung, wie ein Befehl. Ich ging langsam auf dich zu, und als ich mich neben dich setzen wollte, zerrtest du an meinem Arm, ich habe gesagt, du sollst dich hierhersetzen, passgenau auf meinen Schoß, und dann fühlte ich etwas Seltsames, eine so große Liebe für dich, eine so große Liebe, und ich dachte, wie konnte das sein? Ich war durch die Hölle gegangen und jetzt hieltst du mir die Hand entgegen, setz dich hierhin, sagtest du, nach den Höllenqualen strecktest du mir die Hand entgegen und alles war wieder gut. Es war eine verzweifelte Freude, gab es das überhaupt, verzweifelte Freude? Alles war wieder gut und ich umarmte und küsste dich gierig. Heftig. Ich zerrte dir die Sachen vom Leib und verletzte mich am Finger, als ich dir die Sachen vom Leib zerrte, die Vorfreude auf deinen nackten Körper, deine Haut, stark wie nie zuvor, und dann sah ich ihn schließlich nackt, deinen Körper, wie konnte er nur so schön sein, dein nackter Körper, wie war das möglich, diese Schönheit und diese Arroganz? Und ich, so stark erregt, entledigte mich meiner Sachen, ließ mir kaum Zeit, zog mir den Rock hoch und spreizte die Beine, als ich mich auf deinen Schoß setzte, ganz langsam, auf deinen Schoß, die Beine gespreizt, mein glasiger Blick auf dich geheftet, unsere Körper, die sich beim Herabsenken ineinanderfügten, ich, die sich fühlte wie im Fall, ein Schwindelgefühl, das Aufeinandertreffen unserer Nacktheit, wie präzise ich deine Haut auf den empfindlichsten Stellen meiner Haut spürte, meine Brüste auf deiner Brust rieben, in deinen Mund glitten, und ich hielt dich fest umarmt, immer nur tiefer, und küsste dich, spielte immer wieder zärtlich mit deiner Zunge. Hat es das wirklich gegeben?, ich, die das Becken vor- und zurückschob, dir Versprechen und zusammenhanglose Sätze ins Ohr flüsterte, dir die obszönsten Wörter ins Ohr flüsterte, dich zerkratzte, mich an dich klammerte, dich biss und packte, ich, der der Schweiß übers Gesicht lief, mein Becken, das sich vor- und zurückschob, ich, die ich mir wie ein einziger weicher Strom vorkam, ganz und gar fließend, ganz und gar blutig. Ich, die ein einziges langes und nicht enden wollendes Winseln war. Und ich dachte die ganze Zeit nur, wie war das möglich? Wie war diese Tiefe möglich, dieses Glücksgefühl?

A.

V.

Er dachte an seine Konzentrationsprobleme, an die langen Minuten im Auto an diesem Morgen, vielleicht war es sogar noch länger gewesen, eingesperrt im Auto, in der Garage, wie schwer es war, den Tag zu beginnen, dann die sich hinziehenden Stunden, in denen er bei einem Arbeitsmeeting alles infrage gestellt hatte, auf Englisch, ein überaus wichtiges Meeting, und er dabei, mit Anzug und Krawatte, auf Englisch, früh am Morgen. Er hatte sich wie ein Idiot verhalten, das wusste er, abwegige und wirre Überlegungen eingeworfen, mehrmals hatten seine Kollegen ihn warnend angeblickt: Was war denn los?, fragte ihn jemand diskret auf dem Weg hinaus; nichts, antwortete er, und machte sich schnellstmöglich aus dem Staub, um ihm nicht die Zeit für weitere Fragen zu geben. Was hatte er denn damit beabsichtigt? Diese Frage stellten sich alle, und auch er stellte sich diese Frage, würde man ihm jetzt kündigen? Andere hatten schon wegen viel weniger ihren Job verloren, auch wenn er überaus effizient, pünktlich und verantwortungsbewusst war. Schon seit einigen Tagen fühlte er eine gewisse Ängstlichkeit, außerdem eine unerklärliche Gereiztheit. Irgendwie war er schlecht gelaunt. Er ging auf die Toilette, nahm die Krawatte ab, lockerte den Kragen und wusch sich das Gesicht, um endlich aufzuwachen. Auf dem Weg zu seinem Büro bemerkte er die Praktikantin, an der er bislang immer vorbeigegangen war, ohne sie wahrzunehmen, und blieb neben ihrem Schreibtisch stehen. Er schaute sie aufmerksam an. Daniela schien ihre Teenagerjahre gerade erst hinter sich gelassen zu haben, ihr Gesicht war weich und rund, und sie bedachte jeden mit einem Lächeln, der an ihr vorbeikam. Er trat noch ein Stück näher, während sie konzentriert auf den Bildschirm starrte.

«Daniela, was halten Sie von Briefen?»

Sie schaute verwundert auf.

«Briefe?»

«Ja, Briefe, keine E-Mails, keine Faxe und auch keine SMS, ich meine Briefe, richtige Briefe, solche auf Papier, die Leute schreiben und zur Post bringen.»

Weiterhin nur ein verwunderter Blick ihrerseits. Er gab noch nicht auf:

«Haben Sie schon mal einen Brief bekommen?»

«Weiß ich nicht mehr, kann sein, warum?»

«Und wie fanden Sie das?»

«Wie fand ich was? Den Brief?»

«Nein, nicht den Brief selbst, sondern die Tatsache, einen bekommen zu haben.»

«Weiß nicht, ich erinnere mich nicht. Sollte ich einen bekommen habe, ist es lange her, vielleicht als Kind mal.»

«Okay, aber angenommen, Sie würden heute einen Brief bekommen, wie fänden Sie das? Wenn Sie heute Abend nach Hause kämen, in den Briefkasten schauen und einen Brief darin finden würden? Mit Ihrem Namen, Ihrer Anschrift, einer Briefmarke und einem Poststempel – oder ohne Poststempel, das ist nicht so wichtig.»

«Ich weiß nicht, kommt auf den Brief an und auf den Inhalt.»

«Nehmen wir mal an, es ist ein Liebesbrief.»

«Ah, ein Liebesbrief, also das fände ich romantisch.»

«Würden Sie sich verlieben?»

«Keine Ahnung. Wenn es ein Liebesbrief ist, dann bin ich wahrscheinlich schon verliebt, oder?»

«Nicht zwangsläufig, Daniela, nehmen wir mal an, es ist ein Liebesbrief von jemandem, den Sie nur flüchtig kennen. Würden Sie sich verlieben?»

«Weiß ich nicht, das würde von der Person abhängen, von dem, was in dem Brief steht, ach, was weiß ich, von so vielen Dingen.»

«Aber Sie fänden es romantisch?»

«Ja.»

«Sie fänden es schön?»

«Ja, wahrscheinlich schon.»

«Und vom Absender, was würden Sie von ihm halten?»

«Keine Ahnung, hängt von dem Absender ab.»

«Fänden Sie ihn interessant?»

«Ja, wahrscheinlich schon.»

«Fänden Sie ihn besonders?»

«Ja, das ganz bestimmt.»

«Danke, Daniela, mehr wollte ich nicht wissen.»

Die Praktikantin sah ihm nach, bis er in seinem Büro verschwunden war. Mehrmals warf sie die Haare nach hinten und schnippte mit den Fingern. Sie öffnete die Schublade und nahm einen Notizblock heraus, den sie kurz darauf zurücklegte, schloss die Schublade wieder und versuchte vergeblich, sich erneut auf den Bildschirm zu konzentrieren. In seinem Büro arbeitete er an einem noch ausstehenden Bericht, erledigte ein paar Telefonate, beantwortete E-Mails, räumte ein wenig das Chaos auf dem Schreibtisch auf und machte Mittagspause.

Er ging in einen Imbiss, um ein Brathähnchen zu essen, und setzte sich dort auf einen der Hocker am Tresen. Reis, Bohnen und Pommes frites. Das könnte er immer essen, dachte er, es würde ihn nicht stören. Er war ein Mann, der die einfachen Dinge zu schätzen wusste, kein Fan von Nobelrestaurants und dem ganzen Luxus, auf den seine Exfrau stand und auch Fabiane, alle Frauen, die er gehabt hatte, Frauen, die mit einem Brathähnchen vom Imbiss niemals zufrieden gewesen wären, im Gegenteil, für die ein Brathähnchen vom Imbiss sogar eine

Beleidigung gewesen wäre, ein Affront. Selbst Daniela, die Praktikantin, die nicht wusste, wie sie sich mit einem Brief fühlen würde, hätte beim Anblick seines Tellers wohl nur Verachtung für ihn übriggehabt. Vielleicht sogar Manuela, seine dreijährige Tochter. Die Welt der Frauen ist mir ein Rätsel, dachte er, eine Welt für sich. Er, der überall von Frauen umgeben war, hatte im Gegensatz zu anderen Männern, die sich unter Frauen sehr wohlfühlten, das Gefühl, dass nichts, was er war oder tat, ausreichte. Frauen machten ihm eigentlich Angst, weckten eine Reihe verwirrender und widersprüchlicher Gefühle in ihm.

Statt zur Arbeit zurückzukehren, stieg er nach dem Mittagessen in seinen Wagen und fuhr durch die Stadt, dachte nicht darüber nach, ob er das sollte oder nicht, dachte nur, er müsse jetzt unbedingt raus, müsse alles hinter sich lassen, tat es aber natürlich nicht. Am Telefon sagte er der Sekretärin, es hätte einen unvorhergesehenen Zwischenfall gegeben, es würde später werden. Da saß er jetzt, im Wagen, alles verschlossen, hermetisch, fast so etwas wie ein Gefühl von Sicherheit mitten in der Stadt. Nach einer Weile parkte er in der Nähe eines kleinen Platzes, stieg aus, überlegte, sich auf eine Bank zu setzen, mit den Rentnern Dame zu spielen und den Tag dort verstreichen zu lassen. Er überlegte, zurück nach Hause zu fahren, überlegte sogar, zurück ins Büro zu fahren. Aber dann ging er in ein Schnellrestaurant, bestellte ein kühles

Getränk, sagte, irgendeins, der Angestellte hinterm Tresen sah ihn grinsend an, irgendeins, ist gut, irgendeins ist eine gute Wahl, gegenüber eine Post, stellte er erstaunt fest. Er stützte sich auf den Tresen des Schnellrestaurants und blieb so, beobachtete die Menschen, die in die Post gingen und wieder herauskamen. Viele Rentner um diese Zeit, dachte er, nur Rentner schrieben Briefe und hatten die Zeit, zur Post zu gehen, Rentner, Studenten und vielleicht Leute, die Arbeit suchten, eine Anstellung. Er stellte sich eine junge Frau vor, schön und gut gekleidet – ob sie so aussah? Wie alle Frauen? Er stellte sich seine Exfrau vor, aus irgendeinem Grund war es immer dieselbe Frau, wenn er sich eine Frau vorstellte, aber diesmal nicht, diesmal sollte es eine andere sein, weder Fabiane noch seine Exfrau und auch keine seiner Liebschaften, die er auf Sicherheitsabstand hielt, und er merkte, wie schwer es war, sich eine andere vorzustellen. Vielleicht könnte er es mit der Frau aus dem Film versuchen, den er neulich gesehen hatte, einen der fünf, die er ausgeliehen hatte, das rote Kleid, eine Tasche unter dem Arm, das Klacken der hohen Absätze auf den Pflastersteinen, eine Frau, die sich die Haare richten würde, bevor sie die Post betrat. Die Postfiliale ist klein, und von dem Schnellrestaurant aus kann man die Leute in der Warteschlange beobachten, die Frau ist anders, aber gut gekleidet, hat einen blauen Umschlag in der Tasche, eine geschwungene und sorgfältige Handschrift, die langen schwarzen Haare im Nacken zusammengebunden, schaut sich um, weiß sich vielleicht beobachtet, sucht vielleicht jemanden, hat eine gewisse Zerrissenheit an sich, einen wirren Blick, das verunsichert ihn, denkt er, ihre feingliedrigen Finger halten den Umschlag, eine Szene genau so, wie er sie sich vorgestellt hat. Er in Beobachterposition in dem Schnellrestaurant, das Glas unangetastet auf dem Tisch, mit der Vorstellung im Kopf, die Frau trage einen engen Rock, eine Seidenbluse und Pumps mit hohem Absatz. Es könnte eine Sekretärin in ihrer Mittagspause sein, eine Frau, die eine Brille mit dickem schwarzem Rahmen trägt, ernst wirkt, unnahbar, deren Körper aber eine gewisse Sinnlichkeit ausstrahlt. Sie geht in die Post, stellt sich an. Am Schalter nimmt sie den hellblauen Umschlag aus der Handtasche und gibt ihn der Postangestellten. Diese merkt an, der Absender fehle. Der Frau ist eine leichte Beunruhigung anzumerken, allerdings nur, wenn man sie genau beobachtet. Der Angestellten gegenüber tritt sie selbstsicher auf:

«Das ist schon richtig so.»

Die Angestellte wirkt nicht gerade überzeugt. Sie ist neu und unsicher, glaubt, es sei vielleicht illegal, einen Brief ohne Absender zu verschicken, weiß es aber nicht genau.

«Ich glaube, das geht nicht, also ohne Absender, meine ich.»

«Was soll das heißen, das geht nicht? Seit wann denn das?»

«Es ist nicht gestattet», antwortet die Angestellte ein wenig eingeschüchtert vom sicheren Auftreten der Frau.

«Natürlich ist es das. Ich komme schließlich jeden Tag hierher. Rufen Sie Ihren Vorgesetzten, ich möchte mit ihm sprechen.»

In diesem Moment wirkt die Frau noch schöner, denkt er. Und er findet, dass sie seiner Exfrau auf einmal wieder sehr ähnlich sieht, oder Fabiane. Diese arrogante Art, fast schon Unverschämtheit, eine Bestimmtheit, die ihn immer eingeschüchtert hatte. Dabei hatte er doch nur etwas in ihren Blick legen wollen, hatte sich jemanden vorstellen wollen, der alle Angst verloren hatte. So sind die Menschen, wenn sie die Angst verloren haben, rau und sanft. Das war es wohl, was ihn so sehr anzog an diesen Briefen, diese raue und sanfte Frau. Eine Erscheinung, die er sich einfach nicht vorstellen konnte. Die Angestellte hatte vielleicht etwas Ähnliches gedacht oder gefühlt und sich gesagt, sie wolle lieber nicht gleich in der ersten Woche Schwierigkeiten bekommen. Es schien ihr klüger, einzulenken.

«Alles gut, das wird nicht nötig sein.» Sie nahm den Brief und stempelte ihn ab, mit einem schon leicht abgenutzten Stempel, auf dem man aber noch den Namen der Postfiliale erkennen konnte.

Die Frau sagte nichts, bedankte sich nicht, beschwerte sich nicht, öffnete einfach nur ihre Handtasche, nahm ein kleines Lederportemonnaie heraus und zahlte den verlangten Betrag. Er malte sich aus, wie sie daraufhin die Post verließ und den Bürgersteig entlanglief wie jemand, der keine Angst hatte. Dann versuchte er, nicht weiter an sie zu denken und an das, was eine Erklärung hätte sein können, auch wenn er sie jederzeit wieder hätte zurücknehmen können; er dachte wieder an seine Exfrau und an Fabiane. Die Exfrau und Fabiane, als wären sie ein und dieselbe Person, einander im Grunde ganz ähnlich, dieselbe Furchtlosigkeit und dieselbe Feigheit, vielleicht suchen wir uns immer wieder denselben Typ aus, dachte er beim Blick auf sein Glas. Er dachte, Manuela sei genauso wie seine Exfrau, die genauso war wie Fabiane, die genauso war wie alle Frauen, die er sich vorzustellen vermochte, dabei war Manuela gerade mal drei. Mit fünfzehn würde sie sich endgültig Manu nennen, einen unmöglichen Freund haben und sich ständig die Haare hinters Ohr streichen. Mit fünfzehn würde sie ihm gegenüber offene Gleichgültigkeit zur Schau tragen. Würde sie abends ausgehen und zurechtgemacht vor ihm stehen, würde er sie fragen, Manuela, wo gehst du hin?, und sie würde spürbar genervt antworten, raus halt, wobei sie die ganze Zeit in die entgegengesetzte Richtung schauen und Kaugummi kauen würde, und das Schmatzen würde ihn zunehmend stören; er würde ihr sagen, sie solle den Kaugummi ausspucken, und sie würde ihn auf den Fußboden spucken, und er würde ihr dann nur zu gern eine knallen und bereuen, ihr nie eine geknallt zu haben. Aber wenn sie erst einmal fünfzehn wäre, hätte er sowieso längst aufgegeben. Und außerdem, jetzt war sie ja noch ein dreijähriges Mädchen. Er dachte besser nicht an Manuela.

Unruhe stieg in ihm auf, er zahlte das Getränk und den Parkschein und stieg in den Wagen. Den Rest des Nachmittags fuhr er durch die Stadt, ohne ein bestimmtes Ziel, einfach so, er im verschlossenen Wagen und die Stadt da draußen. Er dachte, er sollte jetzt nach Hause fahren, zögerte es wieder raus, hatte gleichzeitig Angst, nach Hause zu kommen. Angst und Konzentrationsprobleme hatte er seit Tagen. Noch im Büro hatte er sich vorgenommen, mit dem Portier zu sprechen, wenn er zu Hause ankäme, die Adresse des Vormieters herauszubekommen und die Briefe schließlich zurückzugeben. Er würde sagen, er hätte sie aus Versehen geöffnet, also, eigentlich nur, um den Namen herauszufinden, die neue Adresse, oder er würde einfach sagen, er hätte sie geöffnet, und nichts weiter, ohne große Erklärungen. Er würde nach Hause kommen, mit dem Portier sprechen, und danach würde er sich ruhiger fühlen, irgendwie erleichtert, froh, würde Fabiane anrufen, sich bei ihr entschuldigen, sie zum Abendessen einladen, eine Spazierfahrt mit ihr machen, was auch immer sie wollte. Er würde ihr sagen, er wäre durcheinander gewesen, hätte im Büro Schwierigkeiten gehabt, dass das jetzt aber geklärt sei. Da war sie, die Angst, dachte er, er würde Fabiane anrufen. Auch wenn er genau wusste, dass er das nicht tun, sondern nach Hause kommen würde, ohne mit jemandem zu sprechen, die Wohnungstür öffnen, die Post auf den Tisch legen und den Fernseher einschalten würde, eine DVD einlegen und zulassen würde, dass seine Gedanken abschweiften, ohne je konkret zu werden.

24. Januar

Liebster,

ich hatte mir vorgenommen, nicht mehr von diesem Tag zu sprechen, von der Videothek, dem Film, dem Schauspieler, der dir so ähnlich war, der Figur. Du beschwerst dich immer, dass ich mich ständig wiederhole, und das zu Recht. Warum sollte man immer wieder auf dieselben Themen zurückkommen, warum immer wieder dasselbe vorbringen, bis ins letzte Detail, die Videothek, den Schauspieler, den Film, diesen ganz bestimmten Tag? Wahrscheinlich fragst du dich das, zu Recht. Und wahrscheinlich denkst du, dass ich nie halte, was ich verspreche. Aber das stimmt nicht. Ich könnte zu meiner Verteidigung sagen, die Videothek von heute könne nicht die Videothek von gestern sein, zwischen der einen und der anderen bestehe ein Gefälle, zwischen beiden liege die seit gestern vergangene Zeit. Nicht die Zeit der Videothek, rätselhaft und unerreichbar, die uns genau darum wenig interessiert, sondern unsere Zeit, unsere, verstehst du? Die Zeit, die zwischen den ausgesandten Wörtern und den von ihnen genommenen Wegen und ihrer Wiederkehr liegt. Zwischen diesem und dem ersten Brief reihen sich Tatsachen und Konsequenzen und Erinnerungen aneinander; zwischen dieser und der ersten Lektüre reiht sich all das aneinander und besetzt jetzt, was ich so nachdrücklich von

Anfang an hatte sagen wollen, und stellt es infrage. Du weißt, wovon ich rede, oder? Denn auch wenn ich es mit aller Kraft will und mich ständig wiederhole, ein ums andere Mal, so ist doch das, was ich dir gesagt habe, nicht das, was ich dir jetzt sage.

Und wenn du in diesem ersten Augenblick, als du da in deinem neuen Wohnzimmer mit dem ersten Brief in der Hand auf dem Sofa, auf einem Stuhl oder in einem Sessel gesessen hast, wenn du in diesem Moment wütend oder neugierig oder irgendetwas anderes gewesen sein solltest, so wären dieselben Wörter, der Stuhl und der Sessel, jetzt, selbst wenn wir versuchen würden, wie in einem Theater jedes Detail zu reproduzieren und du ewig denselben Brief bekommen würdest und ich ewig dieselben Wörter wiederholen würde, doch trotzdem immer andere mit einem immer anderen Ergebnis, selbst wenn du wieder die alte Wut oder Neugierde oder irgendetwas anderes spüren würdest. Wie in einem Theater. Oder wie in einem Film oder in einem Buch, zu dem du von Zeit zu Zeit zurückkehrst, so wie jemand, der an einen Ort zurückkehrt, der ihm mittlerweile fremd geworden ist. Und sich selbst überrascht, wenn er versteht, dass nicht der Ort ihm fremd geworden ist, Möbel und Lichteinfall und Farben sind ihm sogar vertraut, sondern man selbst der Fremde ist, sosehr man sich auch anstrengt und Bekanntes wiederholt und altes Gerede, alte Verse auswendig aufsagt. Ganz gleich, wie groß das Bemühen, die Absicht und die Lust auch sein mögen, etwas überrascht und erschreckt uns immer.

Aber vielleicht glaubst du, dass ich all das, was ich dir jetzt sage, nur sage, um mich zu rechtfertigen; um mein Beharren zu rechtfertigen, meine Monotonie. Vielleicht denkst du genau das: dass ich in der Lage wäre, mir die verschiedensten Dramen auszudenken, die komplexesten Theorien und sogar einen Leser für diese Briefe, nicht wahr? Eine Figur, die stellvertretend für dich diese Briefe erhält. Jemand, der sie für dich liest, dich an die Hand nimmt und dir sagt, ja, es gibt in mir etwas unglaublich Schönes. Damit habe ich doch recht, oder? Ich wäre zu allem bereit, nur um dich zu überzeugen und vielleicht sogar an den Anfang zurückzukehren. All das also nur, um jetzt, in diesem Augenblick zurückkehren zu können, noch einmal ganz zurück an den Anfang. Wir zwei auf dem Weg zur Videothek, der Film, der Schauspieler oder die dir so ähnliche Filmfigur. Deine Finger in meinen Arm gekrallt. Nur dass der Anfang nie derselbe ist.

An dem Tag nach dem Besuch in der Videothek kamen wir schweigend nach Hause, alle beide. Ich berührte meinen Arm an der Stelle, wo zuvor deine Finger gewesen waren, wie um mich zu beschützen. Irgendetwas würde noch passieren, das wusste ich instinktiv. Ich hatte ständig das Gefühl, dass etwas passieren würde. Oft irrte ich mich und überstand den Tag unbeschadet, andere Male geschahen die schrecklichsten Dinge. Aber unsere Phantasie bleibt immer hinter der Realität zurück. Als wir zurück waren, schloss ich die Wohnungstür auf. Du bist hineingegangen, hast die Brottüte auf den Tisch geknallt, dich aufs Sofa gesetzt, die Zeitung aufgeschlagen und angefangen zu lesen. Ich blieb noch ein paar Sekunden lang stehen, überlegte, etwas zu sagen, irgendwas, nur um das Schweigen zu brechen, uns wieder zusammenzubringen. Aber es gab nichts zu sagen. Ich hängte die Handtasche an den Stuhl und ging in die Küche, um einen Kaffee zu machen.

Die elektrische Kaffeemühle. Das erste und einzige Geschenk, das du mir je gemacht hast. Du hattest diese seltsame Kaffee-Macke. Eine ganze Reihe kleinlicher Regeln für seine Zubereitung. Die Kaffeebohnen mussten von einer ganz bestimmten Sorte sein, auf eine ganz bestimmte Art geröstet und in einem luftdicht abgeschlossenen Behältnis im Kühlschrank aufbewahrt werden. Du hast mir nicht vertraut und selbst kontrolliert, ob das Behältnis auch wirklich luftdicht abgeschlossen war. Die Bohnen mussten frisch gemahlen werden, darum das Geschenk, die elektrische Kaffeemühle. Irgendwann bist du mit diesem Paket angekommen, eigentlich kein echtes Geschenk, aber ich habe mir so gewünscht, es wäre eins und darum auch so getan! Du bist damit zu mir gekommen und hast gesagt, ich habe dir ein Geschenk mitgebracht, dabei ist es keins gewesen, habe ich schon damals gedacht, und dann hast du das Paket auf den Tisch gestellt und den Fernseher eingeschaltet. Ich bin sitzen geblieben und habe auf das Paket gestarrt, während du irgendeinen Sender gesucht und gefragt hast, willst du es denn nicht aufmachen? Zum Vorschein kam die elektrische Kaffeemühle. Ist importiert, hast du angemerkt. Ein elektrisches Modell, habe ich auf der Verpackung gelesen. Elektrische Kaffeemühle oder so ähnlich stand da auf Italienisch. Ich bedankte mich und blieb dort sitzen, wollte so sehr, es wäre wirklich ein Geschenk. Dann hast du mir die Bedienung erklärt, kinderleicht, man muss nur einen Knopf drücken, hast du gesagt, ja, kinderleicht, stimmte ich dir zu, und gleich darauf wurde die Maschine unter der Mikrowelle angebracht. Kaffee muss man immer frisch mahlen, hast du gesagt, aber warum?, habe ich dich gefragt, worin liegt der Unterschied? Meine Frage hast du zum Anlass genommen, mir den feinen Unterschied zwischen frisch gemahlenem Kaffee und abgepacktem Kaffeepulver zu erklären. Aber das war noch nicht alles, denn man musste auch auf das Wasser achten, auf die Wassertemperatur und den Wasserdruck, und Milch, auf keinen Fall durfte man ihn mit Milch trinken, hast du gesagt, wer sich mit Kaffee auskennt, verdirbt ihn nicht mit Milch, erst recht nicht mit Zucker. Um mich bei dir zu bedanken, habe ich alle deine Wünsche sorgsam befolgt, und schon stand die perfekte Tasse Kaffee auf dem Tisch: schwarz und bitter. Nur um dir zu gefallen, denke ich jetzt, so viele Dinge, die ich nur getan habe und tun würde, um dir zu gefallen.

Ich habe Kaffee gemacht und das frisch gekaufte Brot auf den Kühlschrank gelegt. Mir war der Appetit vergangen, und du, der morgens nie Hunger hatte, wolltest nur einen Kaffee, hast du gesagt. Ich habe die Tasse auf den Beistelltisch gestellt, während du Zeitung gelesen hast. Und gesagt: Hier, dein Kaffee. Ich habe es dazugesagt, als würde die Geste allein nicht ausreichen, hier, dein Kaffee, als müsste ich ihn ankündigen. Du hast nichts gesagt, und ich habe dort vor dir gestanden und auf eine Antwort gewartet, auf irgendetwas. Du hast nichts gesagt. Ich habe mich möglichst weit weg gesetzt, an den Esszimmertisch, bin dortgeblieben und habe die kleinen Risse im Holz untersucht, die mir bis dahin noch nicht aufgefallen waren. Ich habe versucht, an die Videothek zu denken, aber es gelang mir nicht, meine Gedanken gerieten durcheinander, die Risse in der Tischplatte, die Tasse Kaffee. Hatte ich es vielleicht doch verstanden, frage ich mich jetzt? Hatte ich vielleicht schon verstanden, dass sich etwas verändert hatte? Kann es sein, dass wir merken, wenn sich etwas verändert? Und zwar genau in dem Moment, in dem es passiert? Oder passieren die Dinge erst später? Stunden, Tage, Jahre danach, wenn wir über sie nachdenken, wenn sie in unser Fühlen eingegangen sind und wir über sie sprechen? Oder passieren sie immer und immer wieder in einem anderen Moment? In einem unerreichbaren Moment. Denn sie geschehen jetzt aufs Neue, während ich dir schreibe, und ich fühle wieder diese Unruhe, diese Angst, und du sitzt da und liest. Jetzt sitzt du da und liest. Wieder diese Unruhe und das intuitive Gefühl, dass etwas passiert ist, irgendetwas Unaussprechliches. Wieder der Kaffee und der Tisch und der Film und deine Hände. Hört das, was passiert, denn niemals auf?

An diesem Nachmittag hast du kein einziges Wort gesagt. Um dir die Hand zu reichen, habe ich dich gefragt, willst du ein Glas Wasser? Willst du noch einen Kaffee? Irgend so was habe ich dich gefragt. Keine Antwort. Du hast weiter deine Zeitung gelesen, eine Zeitung, die eigentlich aus mehreren bestand, aus einem Berg Papier, der überall im Wohnzimmer über die Möbel verstreut lag, und als du den Fernseher ausgeschaltet hast, nachdem du zuvor alle zwei Minuten den Sender gewechselt hattest, hast du ein Buch gelesen, dann eine Zeitschrift und dann hast du den Fernseher wieder eingeschaltet, und die Zeit wollte einfach nicht vergehen, und du saßest da auf dem Sofa, völlig reglos. Ich zerfiel, je weiter der Abend voranschritt. Etwas in mir zerbrach. Anfangs saß ich nur da am Tisch, still, wie hypnotisiert, die Zeitung, der Buchrücken, das Geräusch des Fernsehers, als wäre ich gar nicht da, dann fingen meine Gedanken an zu kreisen, immer wieder das Gleiche, die Videothek, der Film, ob der

Schauspieler oder die Figur dir nun so stark ähnelten oder nicht, warum war das so wichtig? Ein Geheimnis, das sich zwischen uns schob, ein Verrat, gab es da etwas Schreckliches, von dem ich nicht wusste, was es war? Gab es etwas Schreckliches, von dem ich zwar nicht wusste, was es war, das aber mit mir zu tun hatte? Wie jemand, der von einem Moment auf den anderen sein Gedächtnis verloren hatte. Vielleicht sind die Gesten, die nicht meine sind, es eines Tages doch wieder, nur dass dazwischen ein Abstand liegt, etwas, in dem ich mich wiedererkenne, mich endlich wiedererkenne, etwas Gemeines und Unvorhersehbares erkenne, den größten Verrat, während die Welt sich weiterdreht, und du sitzt da mit einer Zeitung oder einem Buch, und ich sitze vor dir, schweigend, der größte Verrat.

Irgendwann habe ich es nicht mehr ausgehalten und wieder irgendetwas gefragt, deine Hand? Wieder keine Antwort, und da bin ich entschlossen aufgestanden, aber entschlossen, was zu tun?, fragte ich mich; ich bin aufgestanden und ins Schlafzimmer gegangen, vielleicht um dich zu zwingen, dich bei mir zu entschuldigen oder mir hinterherzukommen, aber du bist weiter stumm und reglos sitzen geblieben. Im Schlafzimmer lagen überall deine Sachen, und ich habe deinen Rucksack genommen und ihn auf den Stuhl gestellt, oder war das erst hinterher? Ich weiß es schon nicht mehr. Ich erinnere mich nur an die herumliegenden Sachen, an den Rucksack und deinen

Laptop auf dem Tisch. Den ganzen Tisch hatte ich für dich frei geräumt. Und ich hätte die ganze Wohnung für dich umgeräumt, meine Wohnung, für deine Bücher hätte ich die ganze Wohnung umgeräumt, für deine Sachen, hätte deine Macken akzeptiert, den Kaffee, die Laken, das Handtuch, alles, was du gewollt hättest, sogar mich hätte ich aufpoliert, alles Mögliche, nur um dir zu gefallen. Aber das wolltest du nicht, du hattest deine eigenen Bedürfnisse, brauchtest einen gewissen Abstand und deine Wohnung, wo du jetzt mit einer Tasse Kaffee und diesem Brief in der Hand sitzt. Warum? Weil du vielleicht etwas erkannt hast, das mich trotz allem, trotz aller Mühen, dem Kaffee, den Laken, den Handtüchern, trotz all des Kraftaufwands verraten und entblößt hat?

Ich bin ein paar Stunden im Schlafzimmer geblieben, weiß nicht mehr, was ich dort die ganze Zeit über gemacht habe; ich habe deine Sachen zusammengeräumt, aus dem Fenster geschaut, gelesen, mehr weiß ich nicht. Halt, das stimmt nicht, und ich erinnere mich sehr wohl. Ich bin im Zimmer auf und ab gelaufen, habe ein Bild an der Wand gerade gerückt, mich im Spiegel betrachtet, mich furchtbar durchschnittlich gefunden, furchtbar gewöhnlich, und habe mir so gewünscht, du würdest mich sehen, mir so gewünscht, du würdest mich wollen. Das war mein größter Wunsch in diesem Augenblick: von dir gewollt zu werden. Ich zog das Kleid aus. Nur im Slip sah ich sogar schöner aus, fand ich, mein Körper war zart und weich, extrem weich, erinnerst du dich noch? Das waren deine Worte, als du mir über den Rücken gestreichelt hast, deine Hand ausgestreckt auf meinem Rücken. Ich habe mich vor den Spiegel gestellt, den schwarzen Kajal aus dem Schminkkästchen genommen und mir die Augen umrandet, sie dunkler gemacht, was sie tiefer wirken ließ. Meine mandelförmigen Augen könnten auch die einer Zigeunerin sein oder vielleicht die einer arabischen Bauchtänzerin, es könnten die exotischsten Augen überhaupt sein, mit dieser neuen Tiefe. Aber als ich mich im Spiegel angesehen habe, fand ich mich nur durchschnittlich und berechenbar, etwas fehlte mir, dieses Quäntchen Grausamkeit, das dich überrascht hätte, dir ein Lächeln entlockt oder dir Leid zugefügt hätte, so war es doch, nicht? Auch wenn es nur ein Detail war, ein Hauch von etwas, etwas Abstraktes. Ich bin zur Kommode gegangen und habe eine Perlenkette aus der Schmuckschatulle genommen, ein dünne Kette, dreireihig, die meiner Großmutter gehört und die ich nie getragen hatte; ich schaute mich erneut im Spiegel an, diesmal nur im Slip, einem schwarzen, und dazu jetzt die Perlenkette, die sich zwischen meine Brüste legte und mich irgendwie zerbrechlich und wie aus einer anderen Zeit erscheinen ließ, noch nackter vielleicht. Warum tat ich das, wozu brauchte ich diese Sentimentalität?, fragte ich mich. Vielleicht um dich zu verführen, vielleicht um dich glauben zu machen, es gäbe etwas Grausames an mir, das sich dadurch ankündigte? Im Spiegel war ich jedoch nur eine beinah nackte Frau mit einer Perlenkette, und die Haut, über die ich strich, war weich, fand ich, während ich mir ganz leicht über die Scham strich, meine Brüste umkreiste, meine Taille entlangfuhr, als wollte ich mich davon überzeugen, dass das, was ich sah, tatsächlich ich war.

Aber was ich sah, war immer wieder etwas anderes, jemand ganz anderes, eine Fremde, die viel weiter entfernt war als du auf dem Sofa im Wohnzimmer. Ob du wohl noch da warst? Die endlose Zeitungslektüre schon den ganzen Tag. Plötzlich die Unruhe, der Zweifel und die Angst, du könntest gegangen sein. Ich habe aus dem Fenster geschaut, es dämmerte, ich habe auf deinen Rucksack auf dem Stuhl geschaut und auf deine Sachen, um mich zu versichern, dass das nicht sein konnte, dass du noch da warst, sich nichts geändert hatte, sich nichts ändern würde. Aber meine Unruhe blieb. Ich habe den Kleiderschrank geöffnet, ein schwarzes Top herausgeholt, eng anliegend und schlicht, mit schmalen Trägern, die drohten, mir über die Schultern zu rutschen. Die Perlenkette behielt ich um, und dazu zog ich die Pumps an, die dir so gefielen und die so schmerzten, weißt du noch?

Dann bin ich zurück ins Wohnzimmer gegangen. Genau so, mit dem Slip, dem Top und der Perlenkette. Das

Klacken der Absätze auf den Dielen. Du bist reglos sitzen geblieben. Ich bin in die Küche gegangen, habe den Kühlschrank geöffnet und bin davor stehen geblieben, die Kühlschranktür weit geöffnet. Wie lange wohl? Ich habe mir eine Flasche Wasser genommen, mir ein Glas eingegossen, die Flasche zurück in den Kühlschrank gestellt und die Tür zugemacht. Das Wasserglas habe ich auf dem Küchentisch stehen gelassen, bin in den Wäscheraum gegangen, habe die Wäsche aus dem Trockner geholt, sie zusammengelegt und dann in den Korb mit der sauberen Wäsche getan. Dann bin ich zurück in die Küche gegangen, habe das Wasser in die Spüle geschüttet, das Glas abgetrocknet und es zurück in den Schrank gestellt. Ich habe ein anderes Glas herausgenommen, es fast bis zur Hälfte mit Wodka gefüllt, Wodka pur, einen kleinen Schluck getrunken, den Geschmack widerlich gefunden, die Hälfte getrunken und den Rest in die Spüle geschüttet. Dann bin ich ins Wohnzimmer zurückgegangen. Du hast immer noch da gesessen. Das Klacken der Absätze. Meine Perlenkette. Ich habe mir einen Stuhl genommen und mich dir genau gegenüber gesetzt. Ich war eine Frau mit stark geschminkten Augen und einer Perlenkette, die durch das Top und den Slip aus dunklem Stoff besonders zur Geltung kam. Meine Haare habe ich offen getragen. Die Träger sind mir über die Schultern gerutscht, der Stoff hat gerade noch meine Brüste bedeckt. Meine Beine waren gut zu sehen. Kein

Wort von dir. Seit Stunden hattest du nichts gesagt, wie konnte das sein? Woher kam diese Verachtung, diese Kraft, mich nicht auch nur eines Blickes zu würdigen? Da habe ich angefangen zu weinen. Kein Wort von dir. Du hattest irgendwann einmal gesagt, mein Weinen würde dich nicht erreichen, das weiß ich noch, es erreicht mich nicht, wenn du weinst, hast du gesagt. Und ich wusste, dass es dein Ernst war, und ich verabscheute dich zutiefst und suchte nach etwas, das dich erreichen könnte, nach etwas so Starkem, so Erschreckendem, so Bestürzendem, das dich erreichen, auseinandernehmen und zerstören, ja, das dir Leid zufügen würde. Aber du hast nicht gelitten. Du hast einfach nur auf dem Sofa gesessen, ohne mich auch nur ein einziges Mal anzusehen. Du hast nie gelitten. Wie konnte das sein, diese Verachtung und diese Kraft?

Vielleicht stellst du jetzt, da du diesen Brief liest, fest, dort in deiner Wohnung, ein Glas Wasser oder einen Kaffee in der Hand, dass ich mir widerspreche, einmal mehr, dass ich mir ständig widerspreche. Vielleicht erinnerst du dich noch an die anderen Briefe, die von neulich, kann das wirklich gestern gewesen sein? Erst neulich habe ich doch gesagt, dass du geschlafen, geweint und gelitten hast, oder nicht? Wie ist es möglich, dass du dich von einem Brief zum nächsten so verändert hast? Ja, wie ist das möglich? Ich widerspreche mir, du hast recht, ich widerspreche mir. Aber heute glaube ich, vielleicht liegt genau in diesem Widerspruch, in diesem Raum, der auftaucht zwischen dem, was ich bestätige, und dem, was ich negiere, zwischen deinem Leid und deiner Grausamkeit, zwischen meinem Leid und meiner Grausamkeit, zwischen meinem und deinem Körper, genau in dieser Sprunghaftigkeit die einzig mögliche Form der Kommunikation. Oder ist denn nicht genau diese Lücke, dieser Zwischenraum, der einzige mögliche Ort, an dem wir uns begegnen können?

A.

VI.

«Hallo Marcos, hier ist Fabiane, geht's dir gut? … Ich wollte dich eigentlich gar nicht anrufen, beziehungsweise ich hatte mir fest vorgenommen, dich nicht anzurufen … aber, ach ich weiß nicht, ich habe mir wohl Sorgen um dich gemacht, ist alles in Ordnung mit dir? An diesem Abend im Restaurant, da warst du irgendwie seltsam, ist irgendwas passiert? Ich habe heute den ganzen Tag versucht, dich zu erreichen, gehst du denn gar nicht mehr an dein Handy? Oder willst du nicht mit mir sprechen? Wenn das der Grund ist, dann sag es jetzt ein für alle Mal. Ich habe dich mehrmals auf deinem Handy angerufen, den ganzen Tag über, und jedes Mal geht nur die Mailbox an. Ich habe sogar bei dir auf der Arbeit angerufen, da hat man mir gesagt, dass du heute gar nicht da warst, stimmt das? Da habe ich mir Sorgen gemacht, vielleicht ist ja irgendwas passiert … Also gut, ich will dich nicht bedrängen, aber ich muss dringend mit dir reden, ich finde, wir sollten reden, wir sollten wirklich miteinander reden. Ruf mich an, auch wenn du erst spät nach Hause kommst, ich kann sowieso nicht schlafen, du kannst mich jederzeit anrufen … dann machen wir etwas aus, ich fände es wichtig, dass wir reden, der Abend neulich war seltsam, oder? Du … ich weiß nicht, du warst anders, ja, anders. Ist irgendwas passiert? Also ruf mich an, ich bin da … Aber ruf auch wirklich an. Mach's gut. Ciao.»

Er hörte weitere Nachrichten ab, zweimal das Büro, immer wollten die irgendwas, dann ein Freund, der die Verabredung zu einem Bier absagte, die er selbst schon vergessen hatte, dann eine junge Architekturstudentin, die er vor Kurzem auf einer Party kennengelernt hatte, dann jemand aus der Videothek, der ihn daran erinnerte, dass der Film überfällig war, außerdem jemand, der angerufen, es sich dann aber anders überlegt und, ohne eine Nachricht zu hinterlassen, wieder aufgelegt hatte; eher unaufmerksam hörte er die Nachrichten ab, als Letztes beschwerte sich seine Exfrau noch über irgendetwas:

«Marcos, wo warst du den ganzen Tag? Ich versuche seit heute Morgen, dich zu erreichen; ich hab es schon gestern versucht, aber du bist nicht rangegangen, so geht das nicht, ich habe auch im Büro angerufen, aber dort wusste keiner Bescheid, und anscheinend hast du beschlossen, nicht an dein Handy zu gehen. Ruf mich bitte an, sobald du kannst. Ich möchte dich nur daran erinnern, also falls dir das überhaupt wichtig ist, dass Manu nächste Woche Geburtstag hat. Manu, deine Tochter, nur für den Fall, dass du dich nicht mehr an sie erinnerst. Ich werde eine kleine Feier für sie im Kindergarten machen, ich hoffe, du erbarmst dich, vorbeizukommen, das mit dem Geschenk kannst du mir überlassen, ich kaufe eins, du kannst mir ja dann das Geld geben. Ruf mich an.»

Er rief nicht an, rief niemanden an. Er stellte das Paket auf den Tisch, das er, ohne es zu merken, in den Händen hielt, seit er zur Tür hereingekommen war. Noch im selben Augenblick spürte er die Erleichterung, sich von einer unerwarteten Last befreit zu haben. Er ging in die Küche, öffnete den Kühlschrank, holte verschiedene Sorten Käse heraus und das, was in der Tüte noch an Brot übrig war, ging damit ins Wohnzimmer, breitete alles auf dem Beistelltisch aus und öffnete eine Dose Bier. Er dachte grinsend an seine Exfrau, die er sicher auf die Palme gebracht hätte, wenn sie ihn ohne Teller und ohne Besteck hätte essen sehen.

Er schaltete den Fernseher an, legte eine DVD ein und auf dem Bildschirm erschienen dieselben Bilder, die ihn schon an jedem Abend dieser Woche begleitet hatten. Der Mann, die Frau in seinem Arm, es hätte jeder beliebige Film sein können, dachte er, es könnte immer derselbe Film sein, genau deshalb. Diesmal fand er es besser, das Licht nicht auszumachen. Er setzte sich und fing an zu essen, ohne groß darauf zu achten. Er war den ganzen Tag unterwegs gewesen. Wieder in dem Schnellrestaurant gegenüber der Post, der Angestellte, der ihn begrüßte, als würde er ihn schon lange kennen, als hätte er auf ihn gewartet. Diesmal war er früh gekommen und gar nicht erst im Büro aufgetaucht, hatte sich morgens mit irgendeiner Entschuldigung telefonisch abgemeldet. Er hatte sich noch die Mühe gemacht, das Handy auszustellen, nicht weil er gelogen oder beschlossen hätte, an diesem Tag blauzumachen, sondern wegen dem, was er im Sinn hatte, das Schnellrestaurant, die Post, im Grunde wusste er aber gar nicht genau, was er im Sinn hatte. Er parkte ganz in der Nähe, und während er auf das Restaurant zuging, wurde er immer nervöser, ganz so als hätte er eine Verabredung mit jemandem, den er seit Jahren nicht gesehen hatte, oder eine Verabredung mit einer Unbekannten, einer von denen, die sich Blumen in aufdringlichen Farben als Erkennungszeichen ansteckten. Es gab unzählige Möglichkeiten, jemanden zu verpassen, dachte er, als er schon an der Theke lehnte. Er bestellte einen Kaffee, den er auch gleich bezahlte. Vielleicht weil er glaubte, es könne möglich sein, dass er ganz plötzlich gehen müsse, irgendwohin, zur Postfiliale dort drüben auf der anderen Straßenseite. Die Gehwege voller Leute, an der Ampel wartende Autos. Vielleicht war da eine Frau, die es eilig hatte, eine junge Frau, schlank, mit langen schwarzen Haaren, einen Brief in der Hand, einen blauen Umschlag mit geschwungener Handschrift, die er nicht sehen könnte, aber kannte, die geschwungene Schrift und alles andere. Er malte sich aus, er würde sie sofort erkennen. Dann würde er sie ansprechen, irgendetwas zu ihr sagen, sagen, dass er Briefe erhalten hätte, ihnen jeden Tag mit großer Aufregung entgegenfiebere, sie mehrmals gelesen hätte, einen nach dem anderen, in ihnen etwas Besonderes sehe, in dieser Hingabe, dieser Intimität, die ihn erreichte, auch wenn er noch nicht verstehe, warum. Er würde sagen, etwas in ihm habe sich verändert oder sei schon immer da gewesen, er würde ihr sagen, dass er sie verstünde, er, der so anders war, distanziert, er, ein Fremder, verstünde sie. Er malte sich aus, wie er ihr das und noch vieles mehr sagen würde.

Er blieb stehen, beobachtete wachsam das Geschehen, jeden, der hinausging, und jeden, der hereinkam, und bemerkte nicht einmal, dass jetzt ein Alter neben ihm stand, nachlässig gekleidet, wenn auch nicht unbedingt arm, kein Bettler, man sah, dass es sich um einen normalen Mann handelte, vielleicht einen Rentner, einen alten Mann, der aufgetaucht war, ohne dass er es bemerkt hatte, und der schnaubte:

«Ein Saustall ist das hier, ein Saustall ...»

Er erschrak, war unsicher, ob der Alte ihn angesprochen hatte oder Selbstgespräche führte. Er zog es vor, nicht zu antworten. Der Alte sprach weiter und wedelte mit dem Zeigefinger in eine unbestimmte Richtung:

«Ein Saustall, dieser Laden hier ... Seit der Portugiese weg ist. Die Angestellten, dieses Pack, machen jetzt, was sie wollen, und zwar mit Absicht, genau so ist es, das machen sie mit Absicht.»

Und der Alte machte mit der Hand eine Geste, die betonte, dass absolut alles in diesem Lokal vorsätzlich geschah:

«Seht euch diesen Saustall an, ein Saustall ist das hier …»

Er blieb stumm. Aber der Alte fuhr fort:

«Jeden Tag noch schlimmer, ein Saustall …» Und das Wort «Saustall» spuckte der Alte förmlich aus, ohne ihn dabei zu treffen, weil er instinktiv einen Schritt zurück gemacht hatte.

Der Alte wackelte mit dem Kopf, um seiner Feststellung mehr Nachdruck zu verleihen: Saustall. Dann sagte der Alte zu ihm und mit Blick auf seine Tasse:

«Wenn ich Sie wäre, würde ich das da lieber nicht trinken», und dabei hatte er den Finger schon halb in der Tasse, «dieses Gesöff da …»

Der Alte spuckte auf den Boden; eine Geste, die offenbar die Stärke seiner Gefühle unterstreichen sollte. Gesöff. Er selbst überlegte, ob er etwas dazu sagen oder vielleicht zustimmen sollte. Aber kurz darauf kam jemand, wahrscheinlich ein Angestellter des Schnellrestaurants, packte den Alten am Arm und begleitete ihn, energisch, aber ohne Gewalt auszuüben, nach draußen, und der Alte protestierte nicht einmal, ganz im Gegenteil, er ließ sich mitnehmen und ging wie eine aufgezogene Puppe allein davon, schlurfend den Bürgersteig entlang, nur noch seine leiser werdende Stimme und sein Pöbeln waren zu hören. Gesöff. Er blieb dort in dem Schnellrestaurant am Tresen stehen, ein Angestellter mit einem aufgesetzten Lächeln, der um Entschuldigung bat, versicherte, der Alte sei harmlos, käme jeden Tag, wäre fast schon so eine Art Touristenattraktion, die wenigen Kunden täten so, als wäre nichts passiert, er selbst sah das genauso und schaute unentschlossen auf die Tasse Kaffee.

Er dachte noch eine Weile an den Alten und stellte kurz darauf fest, dass dieser ihn von der Beobachtung der Postfiliale abgelenkt hatte, vielleicht in einem entscheidenden Augenblick. Er war wütend auf sich, weil er sich so leicht hatte ablenken lassen. Wie konnte er wissen, dass er nicht etwas Wichtiges verpasst hatte? Und was wir verpassten, war für immer verloren, war die Zeit, die sich nicht zurückdrehen ließ, diese Dinge eben, dachte er mit einer gewissen Mutlosigkeit. Den übrigen Vormittag starrte er zur Post auf der anderen Straßenseite hinüber, sein Kaffee war längst kalt geworden, die Tasse vor ihm völlig vergessen.

Aber vielleicht war es gar nicht diese Post. Er holte die Briefe aus der Innentasche seines Sakkos, die blauen Umschläge, und untersuchte jeden einzelnen, manche hatten einen Poststempel, andere nicht, immer wieder machte er dieselbe Handbewegung, und doch, es war genau diese, diese Postfiliale, es konnte nur diese sein, dann steckte er die Briefe wieder zurück in sein Sakko. Er würde einen miserablen Detektiv abgeben, dachte er lächelnd, das erste Lächeln an diesem Tag, was blieb ihm auch anderes übrig, als über sich selbst zu lachen, stand er doch den ganzen Tag dort wie ein Idiot, das alles ergab nicht den geringsten Sinn, dachte er, den ganzen Tag dort herumzustehen. Er bestellte noch einen Kaffee, stürzte ihn eilig hinunter, zahlte und ging. Auf dem Weg zu seinem Wagen allerdings überlegte er es sich anders, machte einen kleinen Umweg, lief an der Post vorbei und warf einen letzten Blick hinein, gleich würde sie schließen, das waren die letzten Briefe an diesem Tag. Kurz blieb er noch stehen und lief dann an der Straße entlang, schaute in die Auslagen, mal flüchtig, mal blieb er stehen, mal war er kurz davor, hineinzugehen, konnte sich aber nicht recht dazu entschließen. Ungefähr nach einer halben Stunde betrat er endlich das Geschäft, das er gesucht hatte, die Verkäuferin kam auf ihn zu, fragte ihn mit einem professionellen Lächeln, ob sie ihm helfen könne, er lächelte zurück, aber ohne ihr groß Beachtung zu schenken, suchte etwas, sie wiederholte ihre Frage, er sagte ja, er suche eine Kaffeemaschine.

«Eine Kaffeemaschine? Eine Pressfilter-Kaffeekanne?»

«Nein, schon eher eine Art Maschine.»

«Eine Espressomaschine?»

«Ja, vielleicht.»

Die Verkäuferin lächelte ununterbrochen. Sie zeigte ihm verschiedene Espressomaschinen, er schaute sie sich an, suchte nach irgendeiner Antwort, irgendeinem Zeichen. Es verstrichen einige Minuten und allmählich wurde die Verkäuferin ungeduldig.

«Sucht der Herr denn irgendein bestimmtes Modell?»

Sein erster Gedanke war, dass sie ihn «der Herr» genannt hatte. Irgendwann hatte das angefangen, dass die Verkäuferinnen ihn «der Herr» nannten, bald schon würden Manuelas Freundinnen ihn «Onkel» nennen, bald schon würde auch die Zeit noch schneller vergehen.

«Nein, ich schaue mich nur um», antwortete er trocken.

«Was Sie sich gerade ansehen, ist das neueste Modell, das wir haben, gerade aus Italien eingetroffen.»

«Ah ... ja, Italien.»

«Sie macht bis zu zwölf Tassen.»

Er lächelte und sah sich die übrigen Maschinen an.

«Diese da macht nur sechs Tassen, ist aber sehr viel energiesparender.»

Er reagierte nicht. Als weitere Minuten verstrichen waren, gab die Verkäuferin auf, war schon dabei, sich zurückzuziehen, als er einen blauen Umschlag aus seiner Gesäßtasche zog und sagte:

«Warten Sie kurz.»

Die Verkäuferin drehte sich augenblicklich um, vielleicht überrascht von seinem autoritären Ton. Sie bemühte sich, immer schön weiterzulächeln. Er holte die zusammengefalteten Seiten aus dem Umschlag, faltete sie auseinander, suchte etwas, vielleicht irgendeine Information zu der Kaffeemaschine.

«Es ist keine Maschine, um Kaffee zu machen, sondern um ihn zu mahlen.»

«Ach so. Kaffeemühlen haben wir derzeit nicht, aber nächste Woche sollen welche reinkommen. Wenn Sie möchten, kann ich Sie telefonisch benachrichtigen, wenn die Lieferung da ist. Wollen Sie vielleicht Ihre Telefonnummer hinterlassen?»

Er schüttelte den Kopf, sagte dann für Augenblicke gar nichts, die Verkäuferin glaubte schon, er habe aufgegeben, aber im nächsten Moment steckte er den Brief zurück in die Hosentasche und zeigte auf die Espressomaschine, die mit den sechs Tassen, und sagte, dann nehme ich diese da, und sie lächelte. Er zahlte rasch, mit Kreditkarte, nein, bitte nicht als Geschenk einpacken, nein, er brauche auch keine Garantie und wolle auch nichts erklärt haben, einfach nur rasch zahlen, die Verkäuferin beäugte ihn halb misstrauisch, halb belustigt, dann schnappte er sich den Karton und ging ohne ein Wort des Abschieds aus dem Laden. Sie wollte noch etwas sagen, danke und bis bald, kommen Sie gern wieder, irgend so etwas, aber da war er schon zur Tür hinaus. Er ging schnell zum Wagen, rannte fast, der Karton in seinen Händen war recht schwer. Dann zahlte er den Parkschein und machte sich aus dem Staub, bloß weg von diesem Ort, wo nichts passierte, dachte er enttäuscht, diesem statischen Teil der Stadt, von dieser Geschichte, die er erfunden hatte und die überhaupt keinen Sinn ergab.

Im Auto stellte er den Karton auf den Rücksitz, legte seine Jacke darüber, die er mitgenommen und nicht gebraucht hatte, und knallte unnötig heftig die Tür zu. Erst als er die Klimaanlage anstellte, fühlte er sich allmählich etwas besser. Die kühle Luft im Gesicht, die geschlossenen Fenster, ohne Eile durch die Straßen der Stadt zu fahren, das waren Dinge, die ihn beruhigten. Er mochte es, ziellos herumzufahren, nur er und die Umgebung, die sich veränderte. Und dann dachte er an den kommenden Tag und an das, was er tun würde, was er noch zu tun hatte, ganz so, als hätte er einen Plan.

25. Januar

Liebster,

ja, ich habe das Gefühl, einen Fehler gemacht, etwas Schreckliches und Unaussprechliches getan zu haben. Wie ein Mörder, der die Tat aus seinem Gedächtnis löscht und dessen Gesten auf einmal ganz gelassen sind, dessen Stimme weich ist und bedächtig, vollkommen ausgeglichen. Aber in diesem leeren Zwischenraum ist eine Spur zurückgeblieben, ein Nebel. Und auch wenn wir etwas auslöschen und dann überschreiben, auch wenn sich tausend Schichten darüberlegen, so schimmert doch immer etwas durch, irgendeine Dissonanz, selbst wenn die Miene gelassen und der Tonfall unbefangen sind. Denn ganz gleich, wie sehr man es auch will, der Augenblick der Tat lässt sich niemals auslöschen. Die Dissonanz lässt sich niemals auslöschen, selbst wenn sie nur ein Riss ist, ein Schatten. Auch wenn wir später dann Besuche abstatten, Blumen mitnehmen, Gedichte schreiben. Auch wenn wir später dann versuchen, gut zu sein. Denn nichts ist gefährlicher als der Versuch, gut zu sein. Und die Gewissheit, dass die schlimmsten Verbrechen in der Selbstlosigkeit angelegt sind, die größten Ungerechtigkeiten geschehen im Namen der Selbstlosigkeit. Aber das wirst du sicher wissen, oder? Wer könnte das besser wissen als du? Du, den ich gelegentlich gezwungen habe, außerordentlich selbstlos zu sein. Von Anfang an, vom ersten Augenblick an, und je besser du geworden wärst, umso schlimmer wäre ich gewesen, oder im Gegenteil, je schlimmer du gewesen wärst, beziehungsweise je schlimmer ich dir erlaubt hätte zu sein, umso besser wäre ich gewesen, eine mathematische Gleichung, je größer das Minus auf der einen Seite, umso größer das ausgleichende Plus auf der anderen, und am Ende dann das ausgewogene Ergebnis. Gab es wirklich eine Ausgewogenheit zwischen unseren Taten? Eine notwendige, augenblickliche Gleichung? Je mehr du warst, umso weniger war ich. Anders ging es gar nicht. Es gab etwas, das uns verband, wir, die äußersten Enden einer Apparatur, einer Art Wippe, mein Gewicht beförderte dich nach oben, und gleichzeitig konnte dich ein einziger Impuls von mir wieder auf den Boden zurückholen. Nichts, was ich dir gegeben habe, hätte deins werden können, hätte ich es mir nicht weggenommen und hätte es mir nicht sichtlich gefehlt. Und nichts, was ich mir entrissen habe, hätte auf einmal nicht mehr dir gehören können. Nichts, es gab keine Freude von mir, die nicht auch Mutlosigkeit bedeutet hätte, keine Tapferkeit, die nicht auch eine Flucht gewesen wäre. Und so bemühte ich mich also, besonders fröhlich zu sein, nicht wegen der Fröhlichkeit an sich, die mir egal war, sondern damit du leiden würdest und um von dir dieses Etwas zu nehmen und dort eine Spur zu hinterlassen, selbst wenn diese Spur nur ein Schnitt war, nur eine Lücke, und aufgeregt suchte ich eine noch unbekannte Fröhlichkeit, nur damit das Leid endlich Form annehmen konnte. Unruhig fröhlich rannte ich durch die Straßen, den Wind im Gesicht, ein Lächeln auf den Lippen, ich rannte und rannte immer weiter, wurde immer schneller, und ganz gleich, wie groß dein Schmerz war, mein Wunsch, dir wehzutun, ließ nicht nach, beruhigte sich nicht, der Wunsch ließ nicht nach. Genauso wie mein Verlangen.

Ich denke noch immer an diese Nacht, jeden Tag, an diese eine Nacht. Warum denken wir immer wieder an dieselben Dinge? Immer wieder dieses Verlangen, das nie nachlässt. Als würde sich der Augenblick fortsetzen, indem er jeden Augenblick aufs Neue geschah, ein ums andere Mal, als würden wir immerzu dieselbe Tat verüben, die gesamte Menschheit und die ganze Geschichte der Menschheit, auf ewig dieselbe Tat, aber das ist nichts Neues, nicht wahr? Darin liegt meine größte Niederlage, das weiß ich, auch wenn ich mich bemühe, dir etwas Originelles zu erzählen, werde ich dir doch immer wieder dasselbe erzählen, selbst wenn ich die unterschiedlichsten Kunstgriffe verwende und dir sage, dass sie sich jedes Mal ändern, denn die Zeit und du und der Fluss folgen dem Strom, selbst wenn ich die unterschiedlichsten Kunstgriffe verwende und dir sage, dass es etwas gibt, das noch nie gesagt worden ist und das ich dir jetzt sage. Ich sage dir beispielsweise, diese eine Nacht, diese letzte Nacht, erinnerst du dich? Und selbst dann würde ich dir dieselben Dinge erzählen.

Aber ich spreche lieber vom Danach. Nicht von dem einen ganz bestimmten Augenblick, dem im Wohnzimmer, erinnerst du dich? Sondern von dem, was geschah, als alles schon vorbei war und du ins Schlafzimmer kamst, ohne ein Wort zu sagen, als du ins Schlafzimmer kamst, dich ins Bett legtest und schliefst und damit sofort unterbinden konntest, dass ich hätte schreien, weinen, dir Vorwürfe machen, dir die Pistole auf die Brust setzen und gehen oder dich wegschicken können. Ganz gleich, was ich fühlte oder tun würde, dafür standst du nicht mehr zur Verfügung, lagst dort neben mir, als würde es mich gar nicht geben. Aber es gab mich. Noch immer bekleidet oder halbnackt, wie du mich zurückgelassen hattest, in den hochhackigen Riemchenpumps. Den Oberkörper über den Tisch gebeugt, in diesem einen ganz bestimmten Augenblick. Als ich da neben dir im Bett lag, rührte ich mich kaum, mein Körper hatte sich in eine Eizelle verwandelt, war zu einem verschlossenen Gehäuse geworden, mein Körper war eine einzige in sich verschraubte Spirale, still, reglos, jede Geste vermeidend, jeden Zweifel, selbst die zufällige Berührung unserer Rücken, deiner Haut an meiner, selbst das vermied ich. Hätte deine Haut, wenn auch nur ganz leicht, meine berührt, wäre das ein Zugeständnis gewesen, ein stilles Dir-Verzeihen nach dem Ende, nach allem. Aber dir zu verzeihen hätte bedeutet, dein Leid zu mildern, deine Freude zu mildern. Der Hass war nötig, damit die extreme Gewalt zu ihrer Vollendung fand, und damit auch die Liebe zu ihrer Vollendung fand. Denn so war es oft gewesen; nicht der Akt selbst war das Eigentliche, so schrecklich er auch gewesen sein mochte, sondern das, was auf ihn folgte, das Jetzt, wir beide im Bett. Und vielleicht war es möglich, den Akt endlos auszudehnen, vielleicht war es möglich, ihn über eine gewisse Zeitspanne in die Länge zu ziehen. Und dort lagen wir beide im Bett, in meinem Bett, in meinen Laken, und du hattest die Augen geschlossen, damit ich meine größten Ängste verewigte und vertiefte, etwas, das immer noch weiterbrennt, habe ich dir das schon gesagt? Das Feuer, das man in der eigentlichen Situation niemals spürt, dann, wenn es ein Feuer ist, weil man nur den Schrecken und die Erinnerung an andere Feuer spürt und die Erwartung des Feuers, und erst später, wenn die Flammen schon weit entfernt sind, gelöscht worden sind, dringt seine Erscheinung in immer tiefere Schichten ein. Den Augenblick des eigentlichen Akts gibt es nie, habe ich dir das nicht schon gesagt? Nur die Ahnung einer extremen Gewalt. Nur eine Zeichnung auf der Haut, nur diese bestimmte Melodie, die immer und immer wiederkehrt. Im Moment des Schmerzes kann man den Schmerz nie spüren oder verstehen oder sagen, ich fühle den Schmerz, jetzt spüre ich ihn, schau her: Schmerz. Erst später, neben dir im Bett, war da der Schmerz, der aufbrach und stärker wurde, und deine auf einmal so vollständige Freude, erst später neben mir im Bett, konnte sich deine Freude vervollständigen. Denn es war überhaupt kein Leid möglich, das nicht auch Freude bedeutet hätte.

Am Tag nach unserer ersten Begegnung war ich einkaufen, das weiß ich noch, du weißt ja, dass ich gerne einkaufen gehe, nicht in Einkaufszentren, aber bei einem Bummel durch die Stadt, überall die vollgestopften Straßen, Sonne oder Regen oder Wind und die vorbeifahrenden Autos. Ich kaufte mir einen Hut. Einen Hut ohne Krempe, wie man ihn früher trug, der perfekt saß, einen von denen, wie man ihn nur noch auf Fotos sieht. Ich kaufte ihn in einem Antiquitätengeschäft. Einem versteckten Laden am Ende einer Passage. Vielleicht war es noch nicht mal ein Antiquitätengeschäft, sondern eher ein Ort mit einem Haufen alter Möbel, an dem auch Kleidung, Schmuck, Porzellanpuppen und Reste irgendwelcher Erbschaften verkauft wurden. Es war kein besonders schicker Laden, im Gegenteil, es roch muffig, auch nach Zigarettenrauch, und man hatte den Eindruck, alles dort sei irgendwann auf der Strecke geblieben und jemand wäre durch die Stadt gelaufen und hätte diese vergessenen Objekte unterwegs willkürlich aufgesammelt. Ganz hinten im Laden stand eine sehr schlanke, sehr bleiche und sehr stark geschminkte Frau in einem Samtjackett, die schwarzen Haare toupiert, der Mund umrandet, knallrot angemalt, ein Mund, der sich durch den Lippenstift über die Umrandung hinaus dehnte, als sollte das den Lippen einen unwirklichen Umriss verleihen, einen ganz anderen Zug, als sollte das aus dem Gesicht ein völlig anderes machen. Wie eine Schaufensterpuppe sah sie aus, diese stark geschminkte Frau im hinteren Teil des Ladens. Eine Schaufensterpuppe, die dort zurückgeblieben war, kerzengerade, erstarrt, und draußen die Stadt und der Verkehr und die Jahreszeiten. Beim Eintreten war da dieser Geruch der langen schmalen Zigarette, die sie mit einer Zigarettenspitze rauchte. Als sie mich sah, machte sie gleich eine Bemerkung zu dem Hut, den ich mir anschaute, ein schwarzer Hut, alt, enge Passform, der an die Hüte der Frauen in den 20er-Jahren erinnerte, ob er vielleicht sogar aus dieser Zeit stammte?, fragte ich nach, sie antwortete nicht, sagte dann aber, der Hut würde nicht zu meinen langen glatten Haaren passen, und meine langen Haare würden nicht zu meinem Gesicht passen, und das sagte sie verächtlich, betonte außerdem, meine Frisur wäre veraltet, wobei ihre dürren langen Finger ein paar Strähnen packten, ich müsse die Haare abschneiden, da käme ich nicht drum herum. Ich sagte sofort Ja, ohne überhaupt darüber nachgedacht zu haben, sagte, ich würde sie abschneiden, schön kurz, um den Hut tragen zu können. Heutzutage hat keiner mehr den nötigen Stil, um einen Hut tragen zu können, sagte sie schroff und bestimmt, als würde sie zu einer Menschenmenge sprechen. Ich gab ihr recht. Und Sie, Sie haben auch keinen Stil, sagte sie dann und ließ ihren Blick abschätzig über mich gleiten, wieder stimmte ich ihr zu. Aber da können Sie ja noch hinkommen, sagte sie, ohne mich damit trösten zu wollen. Ich betrachtete mich im Spiegel, die langen Haare, die unter dem Hut hervorschauten und mir über die Schultern fielen, sie hat recht, dachte ich, die Leute haben keinen Stil mehr. Probieren Sie mal das hier, sagte sie, und zeigte mir ein altes Kleid, ein ähnlicher Samt wie der, den sie trug, grün, ein ungewöhnliches Grün, ein Smaragdgrün, ein gräuliches Grün, gab es diese Farbe?, ein wenig abgenutzt an den Ärmeln, fiel mir auf, aber ich gehorchte ihr und ging mit dem Kleid in die Umkleidekabine, und noch bevor ich die vorderen Knöpfe überhaupt hätte schließen können, öffnete sie den Vorhang. Der obere Teil des Kleids erinnerte an ein Mieder, und es erforderte Übung, die im Zickzack verlaufenden Bänder am Rücken zu schnüren. Genervt, weil ich so lange brauchte – Schätzchen, Sie brauchen ja eine Ewigkeit –, nahm sie mir die Bänder aus der Hand und zurrte mir selbst das Kleid am Rücken zu, so eng, dass ich kaum noch Luft bekam. Als ich mich so angezogen sah, fühlte ich mich seltsam, hätte am liebsten losgelacht, sah eher aus wie eine Schauspielerin an einem ärmlichen Theater, kostümiert für eine Rolle in einem altertümlichen Stück, das schon keiner mehr kannte. Als sie mich so sah, sagte sie, schon viel besser, und nickte zustimmend, gleich darauf wiederholte sie, die Leute hätten einfach keinen Stil, das sei das Problem. Ich stimmte ihr wieder zu. Vielleicht machte sie mir Angst, weil man das Gefühl hatte, dass es völlig nutzlos war, ihr zu widersprechen. Ich nahm das Kleid und den Hut mit, kaufte beides, ohne überhaupt auf den Preis zu achten, sagte beim Bezahlen noch, ich würde mir ganz sicher die Haare abschneiden, als müsste ich mich für meine Frisur entschuldigen, als wäre es die Grundvoraussetzung dafür, den Hut mitnehmen zu dürfen. Das machen Sie richtig, sagte sie trocken, die Leute heutzutage, hörte ich sie wieder ansetzen, als ich aus der Tür trat und den leeren Gang der Passage entlanglief.

Das Kleid warf ich weg, keine Ahnung warum, gleich im Anschluss, noch bevor ich zu Hause ankam, auf einmal hatte ich das dringende Bedürfnis, mich von ihm zu befreien, als würde das Kleid plötzlich ein Geheimnis besitzen, eine Möglichkeit, ich nahm es aus dem Beutel und warf es in einen Mülleimer mitten auf dem Bürgersteig, das gerade gekaufte Kleid, diesen grünen Samt, mitten auf dem Bürgersteig, in einen Mülleimer, aus dem es herausquoll. Und obwohl ich einerseits befürchtete, entdeckt zu werden, demaskiert, wünschte ich gleichzeitig mit aller Kraft, jemand würde mich sehen und diesen grünen überquellenden Stoff vor dem Verschwinden retten. Aus irgendeinem Grund behielt ich aber den Hut, er liegt noch immer hier bei mir in einer Schachtel im obersten Regal meines Kleiderschranks. Kein einziges Mal habe ich ihn aufgesetzt. Die Haare habe ich mir auch nie abgeschnitten. Aber immer gedacht, irgendwann würde ich es tun. Mir die Haare ganz kurz schneiden, ich selbst, und dann aus dem Haus gehen und endlich den Hut tragen. Den Bürgersteig entlanglaufen. Zu jeder beliebigen Zeit, ganz egal, was für ein Wetter herrschte, selbst bei sengender Hitze. Und immer hatte ich das Gefühl, diese Veränderung, dieser einfache Eingriff, könnte für etwas sehr viel Komplexeres stehen. So wie jetzt.

In dieser letzten Nacht neben dir dachte ich daran, seltsam, oder? An die Frau, an das Kleid, an den Hut. Vielleicht, um mir selbst etwas völlig Neues zu sagen. Oder vielleicht, um einfach irgendwas zu sagen und nicht gezwungen zu sein, auf bedeutungsschwangere Wörter zurückzugreifen. Überhaupt ist es unmöglich, etwas zu sagen, das keine Bedeutung hätte, es schwingt doch immer eine tiefere Bedeutung mit, oder nicht? Denn selbst das, was ich dir jetzt erzähle, diese einfache Begebenheit, die so trivial ist, bekommt, indem ich von ihr spreche, letztlich unfreiwillig doch eine Bedeutung, ein Gewicht, das ich verkenne, das mich aber verraten könnte. Also sage ich dir jetzt, dass in dieser Nacht, als ich neben dir lag und du die Augen geschlossen hieltst, um mich auszusperren, es sich anfühlte, als hätte ich mir schließlich die Haare raspelkurz geschnitten und wäre mit dem Hut aus dem Haus getreten. Als wäre ich durch die Straßen gerannt, den Wind im Gesicht, den Hut mit der engen Passform auf dem Kopf, und als hätte ich in jedem erdenklichen Schaufenster mein Spiegelbild gesucht und gedacht, mein ganzes Handeln wäre die ganze Zeit über, ohne dass ich es begriffen hätte, auf die Planung dieses Moments hinausgelaufen. Dort neben dir, in diesem Augenblick ohne Zurück, rannte ich ausgeliefert durch die Straßen.

A.

VII.

Am nächsten Morgen dachte er noch immer an den Tag zuvor und daran, wie sinnlos dieses Beschatten der Post letztlich war. Selbst wenn er den ganzen Tag dortblieb, die Post und jede Frau, die hineinging, und jede Frau, die herauskam, im Auge behielt, immer mit dem Gedanken, jede Einzelne könnte *sie* sein, so konnte er sie doch immerzu verpassen. Wie oft hätte er sie schon verpasst haben können, dort in dem Schnellrestaurant, wenn er sich mit jemandem unterhielt, gerade unachtsam war oder sein Blick für kurze Zeit von etwas abgelenkt wurde? Wie oft war sie eventuell schon hineingegangen und wieder herausgekommen, ohne dass es ihm bewusst gewesen wäre? Ihm so vertraut und doch gleichzeitig eine Fremde. Er stellte sie sich groß, sehr schlank und elegant, aber schlicht gekleidet vor, vielleicht ein wenig aus der Zeit gefallen, als käme sie aus einem Antiquitätengeschäft, einem Secondhandladen, wie jemand mit einer Perlenkette; er stellte sie sich mit zusammengebundenen Haaren vor, vielleicht mit ein paar heraushängenden Strähnen, leicht geschminkt, die Schritte schnell wie von jemandem, der sich beobachtet fühlt, den Gang von jemandem, der keine Zeit zu verlieren hat. Nur dass keine war wie sie, selbst wenn er den ganzen Tag dort in dem Schnellrestaurant gegenüber der Post verbracht hätte, keine war wie sie, dachte er mit gewisser Ernüchterung.

Und dann nahm er sich schließlich vor, mit dem Portier zu sprechen. Beim Betreten der Eingangshalle fragte er ihn, als wäre es völlig nebensächlich, fragte, ob der Portier den Vormieter seiner Wohnung kenne; der Portier warf ihm einen misstrauischen Blick zu, sagte zuerst Ja, korrigierte sich gleich darauf und sagte Nein und dass er nicht wisse, was das für einer gewesen sei, dass er ihn nur wenige Male gesehen habe. Also glaubte er, es wäre besser, er würde sich dem Portier erklären, und sagte, es wäre an den Vormieter adressierte Post gekommen und er wisse nicht, wem er sie geben solle, woraufhin ihn der Portier seltsam ansah, vielleicht wusste der Portier ja doch etwas, dachte er, aber der meinte nur, er kenne die neue Adresse auch nicht, wisse gar nichts, nicht einmal, wer das eigentlich gewesen sei, und wieder hatte er das Gefühl, dass der Portier ihm etwas verheimlichte. Später glaubte er, durch die ganze Sache mit den Briefen wohl langsam paranoid zu werden, denn was für Geheimnisse sollten der Portier und der Vormieter schon miteinander teilen? Er hielt es für besser, nicht weiter nachzubohren. Es musste andere Möglichkeiten geben, an den

Vormieter heranzukommen, dachte er, und unmittelbar darauf kam ihm der Gedanke an die Eigentümerin der Wohnung, die Dame, der er nur kurz bei der Schlüsselübergabe begegnet war. Er würde sie noch an diesem Tag anrufen.

Er beschloss außerdem, gleich jetzt am Morgen auch seine Exfrau anzurufen. Zuvor ging er in die Küche und machte sich eine Tasse Kaffee. Er konnte es kaum erwarten, die neu gekaufte Maschine einzuweihen. Dann setzte er sich auf das Wohnzimmersofa und hielt die Tasse in der einen und das Telefon in der anderen Hand. Am anderen Ende der Leitung ertönte die verärgerte Stimme seiner Exfrau.

«Hallo Marcos, na endlich tauchst du wieder auf.»

Er nahm einen Schluck und stellte die Tasse auf den Couchtisch.

«Ja, ich hatte viel zu tun.»

«Natürlich, du musst wirklich sehr beschäftigt sein, ich versuche seit zwei Tagen, dich zu erreichen, keine Ahnung, wie viele Nachrichten ich schon auf deinem Anrufbeantworter hinterlassen habe, von den Anrufen auf deinem Handy ganz zu schweigen.»

Er betrachtete den blauen Umschlag auf dem Tisch, den Umschlag und die Tasse, beides nebeneinander, als ob es das eine nicht ohne das andere geben könnte, wie bei einem Stillleben, dachte er.

«Ja, so ist es, ich war sehr beschäftigt.»

«Mag ja sein, aber ich finde, auch wenn du sehr beschäftigt bist, solltest du nicht vergessen, dass du eine Tochter hast, die nächste Woche Geburtstag hat und für die ich eine kleine Feier organisiere.»

«Ja, das weiß ich.»

«Hör mal, Marcos, ich bitte dich ja noch nicht mal, mir bei der Organisation der Feier zu helfen, ich bitte dich um gar nichts, nur darum, dass du zum Geburtstag deiner Tochter kommst, nur das, das ist doch nun wirklich nicht zu viel verlangt, oder?»

«Nein, ist es nicht.»

«Dann sind wir uns ja einig, also vergiss nicht, nächsten Mittwoch, und was das Geschenk betrifft, da du ja nie weißt, was du ihr schenken sollst, lass mich doch das Geschenk kaufen, du musst nur im Kindergarten auftauchen. Nächsten Mittwoch, sechzehn Uhr. Schreib es dir lieber auf.»

Vorsichtig nahm er den Umschlag in die Hand und untersuchte ihn erneut. Den Poststempel.

«Sechzehn Uhr werde ich nicht schaffen, da arbeite ich noch.»

«Gestern habe ich dich um fünfzehn Uhr im Büro angerufen, da warst du nicht mehr da.»

«Weil ich zu tun hatte.»

«Genau, und nächsten Mittwoch hast du auch zu

tun, da bist du nämlich bei der Geburtstagsfeier deiner Tochter.»

Er hatte den Telefonhörer zwischen Ohrmuschel und Schulter geklemmt und so die Hände frei, öffnete den Umschlag, nahm den Brief heraus, überflog die fünf Seiten und fand am Ende wie immer nur ein A.»

«Alles klar, ist schon gut, ich komme.»

«Na wunderbar.»

«…»

«Weißt du, Marcos, manchmal ist es echt schwer mit dir, stimmt irgendwas nicht?»

Wie immer stand am Anfang wieder «Liebster», nur dass er selbst nicht dieser Liebste war, dachte er, ohne etwas gegen das Gefühl der Enttäuschung, vielleicht sogar der Wut tun zu können. Er war es nicht, hätte es aber gewissermaßen sein können. Dann legte er den Brief erneut auf den Tisch.

«Nein, alles in Ordnung.»

«Marcos, ich kenne dich, ich merke doch, dass irgendwas los ist, willst du mir nicht sagen, was, vielleicht kann ich dir ja helfen.»

Seine Exfrau schien sich beruhigt zu haben, zumindest klang sie jetzt versöhnlich, fast schon freundschaftlich. Er versuchte, darauf einzugehen, vielleicht Frieden mit ihr zu schließen.

«Nein danke, es ist wirklich nichts, überhaupt nichts.»

«Bist du sicher?»

«Ja, ganz sicher.»

Er schnappte sich die Tasse und nahm noch einen Schluck.

«Das heißt, vielleicht kannst du mir doch helfen. Würde es dir etwas ausmachen, Manuela dieses Wochenende zu übernehmen?»

«Wie, was meinst du damit, Manu übernehmen?»

«Nur dieses eine Mal.»

«Aha, ich dachte mir schon, dass da irgendetwas läuft, hat wahrscheinlich mit dieser Fabiane zu tun, oder?»

Er starrte auf den Brief auf dem Tisch und auf den danebenliegenden Umschlag; er brauchte dringend ein freies Wochenende, dachte er.

«Nein, mit Fabiane hat das überhaupt nichts zu tun, ich habe ein paar Probleme im Büro und wie es aussieht, muss ich geschäftlich verreisen.»

«Wer ist es denn dann, wenn nicht Fabiane?»

«Ich habe Probleme im Büro, mehr nicht. Das hat weder mit Fabiane noch mit sonst irgendeiner Frau zu tun.»

«Marcos, ich kenne dich viel zu gut, ich weiß, dass es mit irgendeiner Frau zu tun hat, und wenn es nicht Fabiane ist, dann eben eine andere.»

Es war immer dasselbe, dachte er. Kaum herrschte ein paar Minuten lang Feuerpause, schon ging der Streit von Neuem los.

«Ich sage dir doch, dass es überhaupt nicht um irgendeine Frau geht, könntest du also damit aufhören? Ich kann es nicht leiden, wenn du immer so tust, als wüsstest du alles über mich.»

«Das tue ich nicht, ich weiß schon lange nichts mehr über dich. Du bist mir schon sehr lange fremd.»

Er stand vom Sofa auf, ging zum Fenster, draußen schien die Sonne, und es war schon ziemlich heiß für diese Tageszeit. Es war, als würde er seit seinem Einzug zum ersten Mal bewusst aus dem Fenster sehen.

«Kannst du Manuela dieses Wochenende nun übernehmen, und ich kümmere mich zum Ausgleich dann ein anderes Mal zusätzlich um sie?»

Nach einem kurzen Zögern sagte sie:

«Na gut, ich mach es, ich tue dir den Gefallen, aber lass das nicht zur Gewohnheit werden.»

Sie unterhielten sich noch kurz, er redete allerdings fast nur aus Pflichtgefühl mit ihr, denn seine Exfrau regte ihn auf. Seine Exfrau, die ihn kaum kannte, genau das hatte sie seit Manuelas Geburt gesagt, er sei ihr fremd, sei unfähig zu erklären, was eigentlich los war. Und er fühlte sich schuldig, als er auflegte. Fabiane rief er nicht zurück. Den Film brachte er nicht zurück. Und auch ins Büro war er nicht gegangen, sondern hatte gleich am Morgen angerufen und etwas von einer schrecklichen Grippe gesagt, allerdings nicht sehr überzeugend. Stattdessen hatte er mit seiner Exfrau telefoniert. Und als er die Wohnung verlassen hatte, war da wieder diese Unruhe der letzten Tage gewesen, er hatte den Fahrstuhl gerufen, aber statt bis in die Tiefgarage zu fahren, war er im Erdgeschoss ausgestiegen, in Richtung Eingangshalle gegangen, hatte diesmal nicht den Wagen genommen, sondern hatte laufen wollen, jetzt, da die Angst verschwunden war, aber war es denn wirklich Angst, fragte er sich, dieses Warten, das ihn in Anspruch nahm? Er hatte den Portier gegrüßt, der ihn mit einem misstrauischen Blick bedacht hatte, den Brief ein zweites und auch noch ein drittes Mal gelesen, sich die Tasse Kaffee gemacht, den Brief in die Gesäßtasche gesteckt und fühlte sich jetzt seltsam und nackt ohne seinen Wagen, der ihn vor der Straße und den Menschen schützte. Und erst in dem Moment wurde ihm klar, dass er bis auf kurze Abstecher in den Supermarkt oder zur Apotheke selten zu Fuß unterwegs war.

Er schaute sich um. Das Viertel hatte etwas Vertrautes, strahlte die Vertrautheit gewöhnlicher Menschen aus, alles dort war so gewöhnlich, so normal und dadurch ein ganz anderer Ort, nicht der, den er hinter der Fensterscheibe im Wagen wahrgenommen hatte, fremd und fern, nicht das Viertel, von dem er kaum etwas mitbekommen hatte, seit er hierhergekommen war. Seit seinem Einzug. Das fühlt sich nicht nach den Koffern und übereinandergestapelten Kisten an, von denen er viele noch nicht geöffnet hatte, nicht nach den leeren Regalen und der nackten Wohnung, in der etwas zu fehlen schien, etwas, das ihm erlaubte, die Wohnung richtig zu beziehen, damit sie endlich zu seiner wurde. Es braucht Zeit, um an einem Ort anzukommen, dachte er. Manchmal, wenn er ein Formular ausfüllte, gab er automatisch seine vorherige Adresse an, die Adresse so vieler Jahre, und jetzt wohnte er an diesem anderen Ort, eine Trennung ist immer ein Irrsinn, wenn er nur an seine Exfrau am Telefon dachte, so distanziert, selbst seine Tochter, die kommenden Mittwoch vier Jahre alt werden würde und der er kein Geschenk zu kaufen brauchte, weil er auch noch nie gewusst hatte, was man einem einjährigen, zweijährigen und dreijährigen Mädchen schenkte, und so war es bei jedem Geburtstag gewesen. Das Mädchen bedachte ihn mit diesem Blick, in dem ein Vorwurf lag, genau wie seine Exfrau, dachte er, wie Fabiane, dachte er, und stellte sich vor, alle Frauen wären so, würden Aufmerksamkeit einfordern und Sicherheit und hätten Erwartungen, von denen er nicht wusste, welche es waren, und dass er immer das Gefühl hätte zu versagen, bei jeder neuen Frau wieder. Warum konnte nicht etwas Neues kommen, ohne Forderungen, eine Frau, die Lust hatte, auch etwas von sich zu geben, die verstand, dass es unmöglich war, jemand zu sein, der man nicht war? Eine Frau, die bereit war, sich dem anderen auch ein Stück weit anzuvertrauen, auch wenn sie sich damit verletzlich machte und sich dadurch veränderte?

Er lief weiter, diesmal ohne ein konkretes Ziel im Sinn; er wollte nur eine Runde durchs Viertel drehen. Es war so ganz anders als das Viertel, in dem er zuvor gewohnt hatte, mit seiner Frau und der Tochter, in einer geräumigen und luftigen Wohnung, und den unzähligen Ansprüchen eines guten Lebens. Nicht diese Ansammlung noch unausgepackter Umzugskisten in diesem vertraut wirkenden Viertel, wo die Menschen umherspazierten, Einkaufstüten trugen, und nicht diese abgesprochenen Wochenenden. Dahinten saßen ein paar Alte um den Tisch einer Bar in einem Restaurant, und es gab Grillhähnchen vom Imbiss, diese einfachen Dinge, diese vertrauten Dinge, die es zuvor in seinem Leben gegeben hatte und die dann verschwunden waren, dachte er, während er ziellos umherlief. Er lief weiter, bis er, einem Impuls folgend, in eine der vielen Passagen ging, die sich plötzlich in einem Gebäude auftaten, eine dunkle Passage mit Krimskramsläden, Läden für Kindersachen, Friseure und mit einem Antiquitätengeschäft weiter hinten, einer Art Secondhandladen, dachte er, ohne genau zu wissen, was das eigentlich war. Ein Laden mit gebrauchten Sachen, einem grünen Kleid, vielleicht mit einem Hut. Hatte er nicht genau das gesucht? Dann ging er wieder hinaus und die Straße hinunter, betrat jede Passage, sah die immer gleichen Läden, die gleichen Friseure, die in der Tür standen und warteten, Maniküre anboten, in Schwarz und Weiß gekleidet waren. Er überlegte, jemanden nach einem Secondhandladen zu fragen, nach einem grünen Kleid, aber er sagte nichts und ging weiter. Bis etwas seine Aufmerksamkeit erregte.

Äußerst zögerlich, als handle es sich um eine Kirche, ein Museum oder irgendeinen anderen unbekannten Ort, trat er ein, als wüsste er nicht, wie er sich verhalten sollte. Wieder stellte er sich die Frage, was ihn eigentlich vorantrieb und wieso er dachte, es gäbe einen Ort, zu dem er hinmüsse. Was genau er denn suche?, fragte die junge Verkäuferin des Geschäfts, in das er dann hineinging, eine sehr blasse junge Frau mit kurzen Haaren und feinen, edlen Gesichtszügen, er lächelte gezwungen, als würde sie ihn schon ewig kennen und ihn verurteilen. Sie, die ihn anschaute, als wüsste sie alles, zumindest stellte er es sich so vor. Aber was könnte sie denn wissen? Er fühlte sich unwohl, unfähig, diesem Blick standzuhalten, der Forderung darin. Die junge Frau erinnerte ihn an andere junge Frauen, aber nicht an seine Exfrau, nicht an Fabiane, sondern an Frauen aus einer Zeit, die noch weiter zurücklag. Er verließ den Laden, ohne etwas zu sagen, fast beschämt, überhaupt dort hineingegangen zu sein. Denn was suchte er eigentlich, das war in der Tat die Frage, die auch er sich stellte. Etwas Besonderes? Aber was wäre etwas Besonderes? Er überlegte: ein alter Hut, irgendein

Kleidungsstück oder jemand, der mitten auf der Straße rannte? Es gab etwas Besonderes, das er suchte, ja, etwas, das dort ganz in der Nähe geschah; dort, vielleicht in seinem eigenen Leben. Er lief weiter, seit einer Ewigkeit hatte er keinen ausgedehnten Spaziergang mehr gemacht, vielleicht drei, vier Jahre nicht, seit einer Ewigkeit war die Stadt nur noch die Umgebung, die er durch die Fensterscheibe seines Wagens oder aus der Wohnung sah. Er wurde mutiger, fand er, ganz allmählich wurde er mutiger. Aber wofür brauchte er diesen Mut? Für das, was auf ihn zukam? Für den nächsten Brief? Ja, denn er spürte, dass etwas in diesen Briefen ihm näher kam. Und er hatte Angst herauszufinden, dass er es war, etwas, das er verbarg. Er brauchte Mut, dachte er, um so wieder auf die Straße zu gehen, ungeschützt, unvorbereitet, mitten auf der Fahrbahn. Etwas näherte sich ihm. Es war heiß, der Schweiß lief ihm über die Schläfen, immer schon hatte ihn die Hitze gestört, wenn die Klimaanlage ihn nicht gerade davor schützte. Jetzt aber ging die Hitze wirklich von ihm aus, von seinem Körper. Er lief schnell, wirkte rastlos. Es war seine eigene Unruhe. Eine Erschütterung, die sich in den letzten Tagen ausgebreitet hatte und deren Intensität nur immer stärker geworden war. Oder etwas, das es schon sehr lange gegeben hatte, viele Jahre, das schon da gewesen war, sich schon vor langer Zeit abgezeichnet hatte, es war viel Mut erforderlich, dachte er, viel Mut, denn was wäre, wenn niemand ihm die Hand reichte? Und diese Gedanken kamen ihm seltsam vor, als wären es nicht seine und als wären es gleichzeitig schon immer seine gewesen, dachte er, immer nur noch überraschter. Seine Schritte waren sehr schnell. Er spürte, dass ihm endlich etwas näher kam.

26. Januar

Liebster,

jedes Mal, wenn ich einen der Umschläge schließe, meine Zunge den Rand anleckt, wenn ich etwas so Altmodisches mache – dass ich nostalgisch bin, das weißt du ja schon, nicht wahr? –, klebe ich den Umschlag mit Spucke zu, mit etwas so Intimem, einem Sekret, einer Art abschließender Unterschrift. Mittlerweile glaube ich, dass das vielleicht der einzige Grund für diese Briefe ist, nicht die Worte selbst, nicht, was ich sage oder erfinde oder auch verstecke, nicht all das, was ich dir auf verschiedene Weise hätte sagen können, nicht die Worte, sondern nur die Spucke, die über den Umschlagrand gleitende Zunge und der Geschmack, der noch lange danach an ihr hängen bleibt. Nur das, denke ich jetzt, als wäre dieser Gedanke völlig neu. Und ich sage dir jetzt: Der heutige Brief ist der vorletzte Brief, den ich dir schreibe. Ob es ein Abschied ist? Vielleicht. Auf jeden Fall etwas völlig Neues.

Der letzte Tag. Wir kamen von der Videothek zurück, du warst schweigsam und ich lief unruhig mit meiner Perlenkette durch die Wohnung. Dann setzte ich mich direkt vor dich, auf einen Stuhl genau vor dich, mit geröteten Augen und verlaufener Schminke, die Träger rutschten mir über die Schultern, ich trug meine Haare offen, wie es dir immer gefallen hat, erinnerst du dich? Ich, in den extrem hohen Pumps und mit der Perlenkette um den Hals, den nackten Beinen, überlegte, was dir ein Lächeln entlocken oder dir Leid zufügen könnte, aber du, du hast nicht gelitten. Die ganze Zeit warst du da, saßest auf dem Sofa, hattest ein Glas Wodka in der Hand, oder vielleicht war es ein Glas Whisky oder Wasser oder was weiß ich. Auf jeden Fall saßest du auf dem Sofa, die ganze Zeit, die sich ausdehnte und uns entzweite und dich mit rasender Geschwindigkeit in jemand schier Unerreichbaren und Fremden verwandelte. Ich wusste nicht, was ich sagen, wie ich mich verhalten sollte. Und ich überlegte, irgendetwas zu dir zu sagen, mich neben dich zu setzen und deine Hand zu nehmen, eine ganz normale zärtliche Geste und alles wäre wieder gut, alles wäre wieder wie vorher. Ich suchte deinen Blick, aber in ihm lag nur Vorwurf, und auch wenn ich dir immer näher rückte, konnte ich dich dennoch nicht erreichen. Was ich vorfand, warst du, da auf dem Sofa, die Stille, die sich zwischen uns ausbreitete, und dieser Ausdruck in deinen Augen. Meinen Atem, mein Atemgeräusch und die Kraft in diesem improvisierten Rhythmus. So verharrten wir, du schweigend und ich atmend, ausgedehnte Minuten lang nur das Geräusch, das von meinem Atem kam. Bis ich in einem mutigen Augenblick eine verschwindend kleine Bewegung machte, das war kein Schritt, kein Versuch, sondern nur die unmerkliche Absicht, mich dir nähern zu wollen. In einem mutigen Augenblick, die unmerkliche Absicht und deine unverzügliche Reaktion. Zum ersten Mal an diesem Nachmittag schautest du mir in die Augen, dein Blick war frostig, voller Hass? Wut? Wie konnte das sein? Du sahst mich an und sagtest in deinem schroffen Ton, mit dieser anderen Stimme: Steh auf und zieh dich aus. Ein Befehl. Erinnerst du dich? Du hast da auf dem Sofa gesessen und mir befohlen: Steh auf und zieh dich aus. Nur das, steh auf und zieh dich aus. Ich blieb reglos sitzen, sah dich an, meine Augen, die immer wieder verschämt wegsahen, als wäre es ein Verstoß, dich anzusehen, eine Anmaßung. Und ich hatte Angst. Zum ersten Mal hatte ich richtige Angst, anders als noch am Morgen, anders als auf der Straße, als deine Finger sich in meinen Arm gekrallt hatten, eine andere Art von Angst, viel stechender, viel intensiver. Ich blieb sitzen, unfähig, mich zu rühren, fragte mich, warum ich so verharrte, warum ich nichts tat, dich nicht wegschickte, nicht lachte, nicht schrie, nicht wegrannte; als wäre ich gefesselt, als gäbe es eine Stimme oder irgendeine Kraft, die mich fesselte und auf diesem Stuhl festhielt, gefangen und unfähig, mich zu rühren. Wie lange saß ich so da? Minuten? Stunden? Bis wieder dieselben Worte aus deinem Mund drangen, derselbe Befehl, nur dass noch mehr Kälte in ihnen lag, vielleicht eine Ankündigung, eine Bedrohung: Steh auf und zieh dich aus. Wie viel Zeit ist wohl vergangen, bis du deine Worte wiederholt hast?, frage ich mich jetzt. Deine so fremd klingende Stimme. Tränen liefen mir über das Gesicht, wieder einmal, mein Weinen, das dich nicht erreichte, wieder einmal, aber dieses Mal war es anders, dieses Mal war alles anders, sogar meine Tränen, die nicht zu einem Weinen wurden, sondern nur zum Ausdruck einer großen inneren Anspannung. Ich spürte von Weitem deinen Blick, und in jeder Bewegung hallte der Satz nach: Steh auf und zieh dich aus. Ich wandte meinen Blick ab. Deine Stimme klang belegt und tief, diese andere Stimme. Und in deiner Kälte, in deiner Distanziertheit lag so viel Kraft.

Ganz langsam stand ich auf, schob den Stuhl zur Seite, stellte mich genau dorthin, wo der Stuhl zuvor gestanden hatte, und zog mich aus. Nicht mit der erotischen Verruchtheit, mit der man sich für den Geliebten entkleidet, sondern eher wie jemand, der friert und sich krümmt. Ich zog also meine Sachen aus, die nur aus einem Slip, einem Hemdchen, den extrem hohen Pumps und der Perlenkette bestanden. Zuerst das Hemdchen, schwarz, eng anliegend, mit den Trägern, die mir über die Schultern rutschten, extrem langsam, meine Finger zitterten dabei. Ab und zu suchte ich deinen Blick, versuchte, einen Hauch von Verlangen darin zu erkennen, irgendetwas. Aber du verharrtest, wo du warst, auf dem Sofa, reglos. Dein Blick war nicht der des Geliebten vor einer Frau, die sich für ihn auszieht, sondern der Blick von jemandem, der warm angezogen ist und einen nackten Körper einem kalten Tag preisgibt, einen nackten Körper dem eisigen Wind preisgibt, dem Schnee. Ich zog das Hemdchen aus und blieb so stehen, war wenige Augenblicke unfähig, mich zu bewegen, und spürte meine Brüste, die dem Takt meines Atems folgten, meine Brüste, die sich empfindlich zeigten, ängstlich, verziert mit der Perlenkette, und ich dachte, noch nie waren meine Brüste so nackt gewesen wie in diesem Augenblick, als ich dort vor dir stand. Aber in deinem Blick lag so gar nichts. Ich erschauerte. So stand ich vor dir, mit den extrem hohen Pumps, dem Slip und der Perlenkette. Mein ganzer Körper schlug Alarm. Du starrtest mich an, voller Wut? Ich fragte mich, und wenn das alles nur noch Wut war? Wenn das alles war, was noch übrig war? Dein Schweigen den ganzen Tag über, seit wir aus der Videothek zurückgekommen waren, seit dem Film, den wir uns nicht angesehen hatten, und der dir ähnelnden Filmfigur oder dem Schauspieler, den ganzen Tag lang kein Wort. Und jetzt diese Wut, dieser Hass? Und ich vor dir, fast nackt. Aber gab es das, fast nackt? Ja, dachte ich, das gab es, man konnte sich immer noch mehr entblößen. Du saßest auf dem Sofa, dein Glas Wodka oder Whisky in der Hand, diese Kälte und wieder deine Stimme, ein Befehl? Alles, zieh alles aus, sagtest du; alles, dieses Wort, das mich bedrängte. Genau das hast du gesagt. Aber nicht erwartungsvoll oder sehnsüchtig, wie es jemand vor der halb nackten Frau vielleicht gesagt hätte, ungeduldig darauf wartend, dass das letzte Kleidungsstück fallen würde. Nein. Was von dir kam, klang schärfer, abweisender. Zieh alles aus. Also entledigte ich mich der Perlenkette, und als ich sie abnahm, war es, als würde ich etwas Grundlegendes verlieren, etwas Wichtiges, ein Amulett, das mich beschützte und mich rettete, vor dir, vor mir, vor uns. Behutsam legte ich die Kette neben mich auf den Boden. Das Amulett, von dem ich mich trennte. Ein Zeichen, ein Omen. Du, der nichts sagte. Ich, die nie mehr etwas sagen würde. Dann zog ich meinen Slip aus, langsam, meine Finger zitterten, ich zog den Slip aus und ließ die Pumps an, die mit den extrem hohen Absätzen, deren Riemchen meine Füße einschnürten, sodass am Ende des Tages das ganze Bein schmerzte; und erst jetzt wird mir klar, dass ich die Pumps nicht ausgezogen habe. Ich habe sie nicht ausgezogen, und du hast mich nicht darum gebeten. Ich hätte sie ausziehen können; ich hätte sie ausziehen und damit die extreme Nacktheit verhindern sollen, die von meinem Körper ausging, der versuchte, sich in dieser Unsicherheit einzurichten, überhaupt in der unbequemen Position, den einschnürenden Riemchen, und in der ganzen Zerbrechlichkeit, die zum Vorschein kam. Sich schließlich offenbarte. Und als du sagtest, zieh alles aus, bezog sich das nicht auf die extrem hohen Pumps, das wusste ich, und seltsamerweise folgte ich der unausgesprochenen Aufforderung. Ich hätte sie abstreifen können, aber ich habe sie nicht abgestreift. Der Slip war also das letzte Kleidungsstück, das noch übrig war; der Slip, der kurz darauf neben mir auf dem Boden liegen sollte, zusammen mit der Perlenkette und dem Hemdchen, beinah eine Komposition, ein Lockmittel auf dem Wohnzimmerboden, ein Lockruf vom Dielenboden aus.

Ich schloss die Augen und spürte meinen nackten Körper, meinen Atem, den Rhythmus meiner Atmung, die den Körper und seine bittere Existenz verrieten. Und jetzt kommt mir der Gedanke, nackt zu sein bedeutete nicht einfach, ohne Kleidung zu sein; nackt zu sein war etwas viel Mühevolleres, nackt zu sein war vor allem eine Konfrontation, ein Kampf. Die Nacktheit von jemandem, der sich von seinem schützenden Amulett trennt, die Nacktheit, die auf die hohen Pumps traf, die Nacktheit, die mir deinen Blick einbrachte. Und nicht zuletzt auch die Nacktheit, die auf deinen angezogenen Körper traf, da auf dem Sofa. Und ich dachte, Nacktheit vor einem angezogenen Körper ist ein unkluges Aufeinandertreffen, ist eine extreme Geste.

Dreh dich um, sagtest du. In deiner Stimme nichts als Arroganz. Und ich dachte noch, dein «Dreh dich um» wäre der Höhepunkt, aber der Höhepunkt wovon? Der Höhepunkt des Zweifels, der Hingabe, der Höhepunkt der Nacktheit? Aber nein, der Höhepunkt sollte erst noch kommen; wir beide wissen das, nicht wahr? Und ich tat, was du befohlen hattest, einmal mehr war ich dir hörig. Als ich mich umdrehte, wurde die sich neu anfühlende Angst zu einer mir vertrauten Angst. Ich stand mit dem Rücken zu dir und war blind, während sich hinter mir uralte Nacht ausbreitete, tief und entlegen. Ich würde dich nie wieder sehen, dachte ich dort, als ich mit dem Rücken zu dir stand, und du könntest alles Mögliche tun, mir ein Messer in den Körper rammen, eine Kugel in den Kopf schießen oder einfach gehen. Ich hatte Angst, du würdest bleiben; ich hatte Angst, du würdest gehen. Was war nur passiert? Ich hätte mich jederzeit umdrehen können, die ganze Zeit über diese Möglichkeit, diese Freiheit, aber du wusstest es, nicht wahr? Du saßest dort auf dem Sofa, hieltst Abstand. Ich spürte, wie dein Blick aus dieser Entfernung über meinen Körper glitt, diese grobe und aufdringliche Zärtlichkeit. Minuten- oder stundenlang dein Blick auf meinem nackten Rücken. Auf meinem Hintern. Dein starrer Blick, der meine Beine von oben nach unten hinabwanderte. Zu den Innenseiten meiner Schenkel schweifte. War ich schön genug, um so zu sein, so extrem nackt? War ich stark genug? War ich rau genug? Oder war es nur Angst, die mich dort aufrecht hielt, gefangen und zur Jagd freigegeben?

Geh bis zum Tisch, sagtest du. Erinnerst du dich? Zu dem Tisch, der nicht weit von mir stand, dem Esstisch mit der Vase darauf, einer Vase mit blauen Blumen. Ich schien das Gehen verlernt zu haben, bewegte mich langsam, setzte vorsichtig einen Schritt vor den anderen, als wären es meine ersten, als wären es die unsicheren Schritte einer Puppe, das Mechanische und Steife einer Puppe. Alles in mir fühlte sich neu an. Ich näherte mich also nackt dem Tisch mit der Vase darauf, in der blaue Blumen steckten, alles griff ineinander und geschah völlig mechanisch, ich ging mit den unsicheren Schritten einer Puppe, bis ich ganz dicht vor dem Tisch stand, so dicht herantrat wie nur möglich und das Holz am Unterleib und an den Oberschenkeln spürte. Ich starrte auf die blauen Blumen; blaue Blumen, ich konnte mich nicht daran erinnern, sie gekauft zu haben, aber gleichzeitig hatten sie etwas sehr Vertrautes, dachte ich, während mein Unterleib die Liebkosung durch den Tisch spürte und dich, ein Messer, eine Faust, irgendetwas Bohrendes in meinem Rücken.

Dann also kam der Moment. Deine frostige Stimme, deine Stimme, die so anders war, die Stimme, die mir befahl, mich nach vorn zu beugen, denn von jetzt an warst du nur noch das, ein Befehl. Mein Körper lag über den Tisch gebeugt. Mein Oberkörper, der sich auf dem Tisch ausstreckte, die Arme nach hinten verschränkt, als wären sie gefesselt, auch wenn sie das nicht waren. Das Holz, die Blumenvase. Und ich dachte noch, wenn man sich so nach vorne beugte, musste man sich völlig ausliefern und ergeben. Was würden wir danach zueinander sagen? Was würden wir zueinander sagen, wenn ich mich später wieder umdrehen würde und wir einander wieder in die Augen schauen müssten? Ich könnte ihn dir verweigern, meinen nackten Körper, blind, zerbrechlich, angespannt in den hohen Absätzen, ich hätte mich verweigern können, aber nein, ich war dir hörig und beugte mich nach vorn, spürte, wie meine Brüste sich an das Holz pressten und seine Temperatur annahmen, und legte vorsichtig meine rechte Wange auf den Tisch, als würde ich ein inneres Organ abhorchen, ein unsichtbares Organ.

In diesem Augenblick hatte ich noch die Hoffnung, du würdest aufhören, du würdest lachen und sagen, alles wäre nur gespielt gewesen, nur ein Spaß, von Anfang an, seit der Videothek und dem Film und dem Schauspieler oder seiner Filmrolle, seit dem Kaffee, alles wäre nur ein Spaß gewesen, nur aus einer Laune heraus entstanden. Ich hatte noch die Hoffnung, du würdest meinen Namen sagen, mir übers Gesicht streicheln, mir sanfte und entwaffnende Wörter ins Ohr flüstern, Waffenstillstand verkünden, mich umarmen. Und ich wäre froh gewesen, erleichtert, hätte meinen Kopf an deine Brust gelegt, dir gesagt, es sei schon gut, es sei nicht wichtig, ich hätte es schon gewusst. Denn ich wusste es, ich hatte es immer gewusst.

Aber nein, du hast weiter geschwiegen und ich lag weiter nackt und ausgeliefert dort auf dem Tisch. Denn die

Hoffnung hält sich immer bis zum Schluss. Ich lag dort auf dem Tisch, spürte Bewegung im Raum, kaum wahrnehmbar, dich, wie du vom Sofa aufstandst, und ich fühlte deinen Körper, die Wärme deines Körpers, der sich näherte, und ich war ein Radar, eine Antenne, die jede Geste und jeden Umriss erfasste. Du kamst näher, und ich hörte das erstickte Geräusch deiner nackten Füße auf den Dielen. Deine nackten Füße. Hörte dich, der nichts sagte, und hörte mich, die ich den Mut verloren hatte, etwas zu fragen. Nie wieder würde ich etwas fragen, dachte ich; meine Hand würde nie mehr nach deiner tasten, würde dir fernbleiben, deinem Namen. Meine Hand tastete nach deiner.

Aber ich blieb liegen. Ich hätte wegrennen können, aber ich blieb liegen, und das war dein größter Triumph. Ich, nackt dort auf dem Tisch, vor mir die Vase mit den blauen Blumen. Ich hätte jederzeit wegrennen können, und doch hätte ich das niemals tun können.

Du und dein Atem hinter mir. Anfangs waren es nur deine Finger, die meinen Nacken packten, schwer und gleichzeitig sanft, als wäre das alles nichts anderes als ein Versehen, eine diffuse Absicht, fast schon eine Liebkosung. Aber dann, erinnerst du dich? Ob auch du manchmal daran denkst, auf einem Spaziergang, während einer Verabredung oder einfach grundlos, weil die Zeit vergeht und diese Erinnerungen zurückkehren, weil sie immer zurückkehren? Aber dann deine Unmöglichkeit. Auf einmal war da diese Unmöglichkeit, das hatte es nie gegeben, nie zuvor; du hattest mich dort auf dem Tisch ausgestellt und mich in gespannter Erwartung dort liegen lassen, verschlossen. Etwas hinderte dich, trotz deiner Geilheit, trotz deiner Wut, trotz deines Hasses, etwas verbot es dir, auch wenn du nicht abließest, auch wenn du es unbedingt wolltest, aber dein Körper weigerte sich. Dein Körper weigerte sich bei jedem Versuch. Oder war es meine Verweigerung, lag es an meinem Lächeln, habe ich wirklich gelächelt? Ob ich wohl lächelte, hast du dich währenddessen gefragt, und den Rückschlag, ja, deine Niederlage mit zaghafter Freude beschönigt. Unsere kleine Schlacht. Ich mit einem Lächeln im Gesicht, und du hinter mir, hinter meinem nach vorn gebeugten Körper, meinem mysteriösen Körper, der jetzt ein Altar war, ein Gebet, der immer und immer wieder deinen Namen sagte, stumm vor sich hin, deinen Namen. Aber liefen Schlachten nicht genau so ab? Die verlorenen Schlachten? Es war deine größte Niederlage. Du dort, ohne dich dessen bemächtigen zu können, was dir gehörte und sich dir anbot, genau so, weit geöffnet und unterwürfig.

Denkst auch du manchmal an das, was dann kam, jetzt mit etwas Abstand? Nach dem Augenblick, in dem es nichts mehr zu sagen gab? Ich erinnere mich. Als deine Geilheit und ihre Kunstfertigkeiten schließlich Form annahmen. Ein Messer, eine Faust, dein Fleisch, das schließlich meins durchstieß, erinnerst du dich? Ich erinnere mich. Dein Fleisch, das meins durchstieß. Aber nicht das vertraute Fleisch, das erwartete, nachgiebig und aufgerichtet und präzise, sondern deine Hand, deine zum Messer gewordene, zur Faust gewordene Hand. Deine Hand, die jetzt eine Faust war. Erinnerst du dich? Ich erinnere mich. Sie war plötzlich zu einer Waffe geworden. Und das Einreißen meiner Haut an der diskretesten Stelle, an der Stelle, die sonst verborgen und jetzt exponiert war, deine wie ein Spaten eindringende Hand, die sich in mir schloss, deine Hand in einer fremden Sphäre, deine zur Faust geballte Hand. Ich dachte, wie war das möglich, diese Gewalt und diese Faszination, diese Invasion und diese Distanz. Wie war das nur möglich? Und ich hielt mich an der Vase mit den blauen Blumen fest, als würde auch sie sich an jemandem festhalten, dabei gab es niemanden außer uns.

Du hieltest mich fest gepackt, voller Wut?, und sahst von oben auf mich hinab, fandest mich zerbrechlich, zu zerbrechlich, zu weich, zu dünn, meine Schultern zu schmal, sogar meinen Hintern, denn du hattest einen anderen in Erinnerung, aber jetzt diesen schmalen vor dir, und das Gefühl, dass ich dir einmal so vertraut, jetzt aber fremd war; dass es etwas gab, das du verloren hattest. Wie war das möglich, fragtest du dich, etwas, das nur dir gehören sollte, dachtest du, nur dir, auch wenn es nur kurz und flüchtig in deinen Händen war, meinen Hals, den du hättest zudrücken können, wenn du gewollt hättest, und die andere Hand, die du hättest öffnen können, wenn du gewollt hättest, und mein Schweigen, das du hättest ausdehnen können, wenn du gewollt hättest, und die Tränen, die du hättest provozieren können, und das, das wolltest du. Ein tief sitzendes Verlangen, verborgen gehalten, verheimlicht, eine Rache, etwas, das mir ein Lächeln entlocken oder mir Leid zufügen würde. Denn endlich hattest du die Angst verloren, zum ersten Mal kamen von dir keine halben Sachen mehr, sondern etwas, das mir ein Lächeln entlocken oder mir Leid zufügen würde, auch wenn dabei etwas in mir gesprengt und ausgelöscht wurde, irgendwo in meinem Inneren, tief in mir, das hast du gewusst; in meinem Inneren, da war etwas, das deins war, nur deins, etwas, das dir gehörte, deine Hand, die zarte Grenze, die uns trennte, denn genau das sollte die Liebe sein, dachtest du, die Liebe konnte nur das sein, ein Rausch, eine Ekstase und ein Körper in einem anderen Körper, der sich in einer unmöglichen Symmetrie auflöste, dachtest du; die Liebe konnte nur das sein, diese Eroberung, dieser Zugriff auf einen anderen Menschen, denn jetzt war alles Meine auch das Deine, meine Erwartungen, meine Befürchtungen, jede Freude und jedes Entsetzen, und selbst die Wörter, die ich nicht sagte, gehörten dir. Und du glaubtest, das müsse Liebe sein, wenn man die Angst verlor, einen nichts mehr verletzte, einem nichts mehr entging, jetzt, wo du zu allem fähig warst, jetzt, wo mein Elend dich anzog und fesselte. Schließlich waren es unsere Stärke und unsere Schwäche, das beharrliche Auf und Ab und die Distanz und dieses Band zwischen uns, als wäre da ein Pfad zwischen uns, als könntest du eine Brücke errichten, als hättest du immer wieder gesagt, dass dir gehörte, was auch immer du haben wolltest, denn das war Liebe, wenn man endlich die Angst verlor, die lähmende Angst, die einen in Besitz nehmende Angst; und wenn sie zu den schönsten und den schrecklichsten Dingen befähigte, dazu befähigte, zu lieben und eine Brücke zu einem anderen Körper zu bauen, deine Hand, und du glaubtest, das müsse Liebe sein, nach dem Krieg und der Niederlage und der Angst. Die Liebe, dieses unveräußerliche Gut, das uns verbindet und zerstört, und du dachtest, die Liebe müsse genau das sein: eine Brücke zu bauen, sie zu überqueren und sie einzureißen, um von der anderen Seite aus, in einem anderen Körper, etwas zu entdecken, das nur der Schmerz mildern könnte.

Aber der Schmerz, dachtest du, der eine Schmerz war nie stark genug, um den anderen Schmerz zu bekämpfen; dein Griff war fest, voller Wut, voller Zorn, du spürtest, dass ich dir entglitt, spürtest die Entfremdung zwischen uns, und noch während du mich mit aller Kraft festhieltst, hättest du sagen, ja sogar schreien können, dass der Schmerz, und deine Hand packte mich, dass der eine Schmerz nie stark genug war, um den anderen Schmerz zu bekämpfen, und du den Drang verspürtest, etwas zu tun, das mir ein Lächeln entlocken oder mir Leid zufügen würde, etwas in mir, etwas in dir; jetzt, wo wir ein Paar waren, diese unmögliche Symmetrie bestand, mein Wunsch dein Wunsch war, mein Raum dein Raum, meine Niederlage deine, es unser Waffenstillstand war, unsere Schlachten waren, und du glaubtest, die Liebe müsse genau das sein, und wusstest, erschrocken und an mich geheftet, an etwas in mir, dass sie genau das sein musste, die Liebe, da in der Ferne, da draußen, und ich spürte deine Hand, spürte, wie sie sich öffnete, eine Rose, eine Blüte, und ich hörte dich sagen, die Liebe wäre genau das, und die Liebe wäre nie stark genug, um die Liebe zu besänftigen. Um die Liebe zu besänftigen, hörte ich immer wieder, um die Liebe zu besänftigen, da in der Ferne, da draußen, um die Liebe zu besänftigen, wiederholte ich in Gedanken; und als du aufhörtest zu wollen, zu denken, dich zu wiederholen, als sich die Begierde und die Auseinandersetzung und der Bann endlich auflösten, als sich alles endlich auflöste und erlosch und du dich entferntest, zittrig?, erschrocken?, voller Reue?, als endlich alles vorbei war und als deine Hand mit den Sekreten und Düften aus dem Inneren eines anderen Körpers bedeckt war und mein

Körper über den Tisch gebeugt lag, offen und besiegt, da hast du dich davongeschlichen, stillschweigend, und mein Körper lag da, nur noch eine Körper-Hülle, ein Körper-Behältnis. Ein leerer Körper, da auf dem Tisch, der sich an einer Vase mit blauen Blumen festhielt, die sich an nichts festhielt.

A.

VIII.

Der vorletzte Brief. Er setzte sich auf die Bettkante, in der Hand den Brief, die ganze Nacht hatte er nicht geschlafen. Seit Jahren hatte er nicht mehr an Schlaflosigkeit gelitten, sondern immer tief geschlafen, nichts hatte ihn gestört, und jetzt das hier, das ihn bedrückte, kein Telefonklingeln und kein Unwetter hatten das je vermocht, kein Erdbeben und noch nicht einmal Manuelas Geschrei; die frisch geborene Manuela im Nebenzimmer, Manuela, die schrie, wie ein Neugeborenes schreit, dieser schrille Lärm, eine einzige Forderung, aber er war nie davon aufgewacht, hatte tief und fest geschlafen, seine Frau hatte sich beklagt, die Kleine hätte die ganze Nacht geschrien und er sei kein einziges Mal aufgestanden, um ihr zu helfen, das hatte sie gesagt, überall Milchflecken auf dem weißen Nachthemd, von der Milch, die unentwegt lief, und mit diesem Geruch nach Mutter, nach Kind, nach Neugeborenem, aber er hatte nichts gehört, er hätte sagen können, ich habe nichts gehört, das wäre eine Erklärung gewesen, aber er hatte lieber geschwiegen, war aufgestanden und hatte Kaffee gemacht, seine Frau niedergeschlagen, mit Augenringen wie jemand, der ein Neugeborenes gestillt und seit Tagen nicht geschlafen hatte, oder wie jemand, der etwas fühlte, das er weder akzeptieren noch verstehen konnte. Die Geburt eines Menschen war das größte Mysterium, das er je miterlebt hatte, wenn auch aus der Ferne, auf dem Weg zum Krankenhaus hatte er sich überflüssig und leer gefühlt, hatte gespürt, dass gerade etwas Gewaltiges geschah, etwas Unkontrollierbares, seine Frau hatte Schmerzen gehabt, Wehen, seine Frau, die gern mit aller Kraft seinen Arm gedrückt hätte, gern seine Hände stützend unter ihrem Kopf gespürt hätte, gern zärtliche Worte aus seinem Mund hätte hören wollen, aber er war nicht da gewesen, er, der sich auf den Weg zum Krankenhaus gemacht hatte und nie angekommen war, es nie bis dorthin geschafft hatte, bei jedem Schritt waren ihm die Beine eingeknickt, wie in einem Albtraum, sein Hirn hatte nicht mehr funktioniert, er hatte die Orientierung verloren, seine Gedanken waren wirr und durcheinander gewesen. Später aber hatte man von ihm erwartet, all das müsse normal für ihn sein, die Geburt, das neugeborene Kind, eingewickelt auf seinem Arm, und vor allem seine Frau, ein bis zum Bersten aufgeblähter Körper, stolz, danach ein ausgenommener Körper, leer, und er fühlte eine beschämende Abscheu, die vielleicht nur Angst war, Angst vor diesem fremden Körper, der jetzt seine Frau war. Wie sollte er sich diesem Körper wieder annähern, seinen Geheimnissen und Öffnungen? Er erinnerte sich an den einzigen Versuch nach der Geburt, Monate später, das einzige Mal, und er fand es seltsam, dass er jetzt auf einmal daran dachte, jetzt, wo er auf der Bettkante saß und nicht schlafen konnte; Manuela war damals schon ein etwas größerer Säugling im Nebenzimmer gewesen, hatte etwas weniger geschrien, bald darauf hatte sie praktisch schon gar nicht mehr geschrien; er erinnerte sich, wie stark das Gefühl der Beklemmung und wie gereizt er gewesen war, seine Frau, die ihm so fremd vorgekommen war, fast schon eine Puppe, eine Maske, er erinnerte sich, dass er nicht gekonnt hatte, erinnerte sich an ihre Lust, die er nicht hatte erwidern können, der er sich verweigert hatte, wie er den nackten Körper seiner Frau abgelehnt hatte, ihre Üppigkeit, ihre Rundungen, ihre unerwartete Zärtlichkeit, er hatte diese Berührungen nicht ertragen, die Weichheit, das Einsinken, und wie seine Frau neben ihm im Bett mit geschlossenen Augen gelächelt, sich hingegeben, sich geöffnet hatte; dieser weit geöffnete Körper, hatte er damals gedacht, und fühlte wieder dieselbe Abscheu, ihre Brüste waren noch immer voller Milch gewesen, der Geruch hatte das ganze Zimmer erfüllt, und er hatte versucht, sich an ihren früheren Körper zu erinnern, wie er vor der Geburt gewesen war, dünn, geschmeidig, daran, wie sie früher gerochen hatte, an die kleinen Brüste, die er in seinen Händen gehalten hatte, eine Brust hatte er in seiner

Hand verschwinden lassen können, an die weichen Brustwarzen, zart, nicht wie jetzt, und mit aller Kraft hatte er versucht, den früheren Körper in seinem Kopf wiederauferstehen zu lassen, das Bild von ihm. Er hielt die Augen geschlossen, aber sie fühlten sich anders an, die Brüste waren anders, die Brustwarzen dunkel und hart, nach Milch und Kind riechend, die Haut der Brüste hatte sich bis aufs Äußerste gedehnt, das Gewebe, das sich jetzt anders anfühlte, sosehr er sich auch bemühte, es war einfach anders. Seine Frau hatte ihn umarmt, ihn liebevoll umfasst, dankbar vielleicht, mit brennendem Verlangen – wie konnte sie auch nur daran denken? –, diese Lust, eine Freude, die sie übermäßig und erschreckend gierig machte, und nichts, was er tat, konnte daran etwas ändern oder ihn vor dem Menschen retten, der sie jetzt war.

Jetzt, dort auf der Bettkante, den Brief in der Hand, unfähig einzuschlafen, erinnerte er sich, jetzt, Jahre später, dass er weggerannt war, mitten in der Nacht; er war aufgestanden, hatte sich angezogen und war abgehauen, hatte seine Frau und ihr Verlangen und ihre Erwartungen zurückgelassen, sich angezogen und war weggerannt, hatte nicht mal auf den Aufzug gewartet, geschweige denn gewartet, dass ihm jemand die Tür aufhielt, er hatte nicht geschrien oder weinend auf irgendetwas gewartet, nicht einmal auf den Aufzug, war die Treppen hinuntergerannt, sich selbst entfremdet, allem entfremdet, und es war ihm gar nicht in den Sinn gekommen, das Auto zu nehmen, er war durch die Tiefgarage gerannt und mitten auf der Straße herausgekommen, der menschenleeren Straße, die er entlanggerannt war, im Versuch, irgendeinen klaren Gedanken zu fassen, herauszufinden, warum er das getan hatte, warum er dort im Schlafzimmer etwas zurückgelassen hatte, das doch seine Liebe hätte sein sollen, einzigartig, zerbrechlich, woher diese Angst?, als läge in der Zerbrechlichkeit eine unberechenbare Kraft, als hätte seine Frau aufstehen, sich ein Messer schnappen und ihn angreifen und zerstören, als hätte sie völlig die Kontrolle verlieren können, als wäre sie zu allem Möglichen fähig gewesen, einem Messer von hinten in den Rücken, einem Gewaltausbruch, einer genutzten Chance, allem, was von diesem Körper ausgehen konnte und sich in ihm verbarg. Von diesem Körper. Ein Messer, dachte er ständig, ein Messer. Die Klinge drang ein, in den Rücken, in irgendein unbekanntes Organ. Dieser Gedanke ließ ihn nicht los, sosehr er auch versuchte, ihn zu vergessen.

Er war so schnell gerannt, wie er nur konnte, hatte sich eingebildet, seine Frau könnte hinter ihm her sein, ihn verfolgen, seine Frau und sein Augenblick des Wahns und das Messer und der Gedanke, der ihn nicht losließ, und die Vorstellung von irgendetwas in seinem Rücken, auf der Straße, der menschenleeren Straße, und er war gerannt, bis er nicht mehr gekonnt, sich völlig verausgabt hatte, immer langsamer geworden war, Schritt für Schritt, immer erschöpfter, bis er stehen geblieben war, mitten auf der Straße, mitten in der Nacht. Und als er jetzt auf der Bettkante saß, dachte er an diesen Moment mitten auf der Straße, mitten in der Nacht, er dachte, dass dort etwas geschehen war. Jetzt und hier auf der Bettkante hatte er das Gefühl, dass etwas geschehen war, noch etwas anderes, und dass es um mehr gegangen sein musste als nur um seine Frau, ihren ausgeleierten Körper und die Milch, die ihr aus der Brust rann, nein, da musste noch mehr gewesen sein, etwas, das noch immer in ihm arbeitete, bis heute. Der immer wiederkehrende Gedanke. Er fragte sich, warum er jetzt daran dachte. Nach all diesen Jahren. Sein Körper war mehr und mehr an die letzten Reserven gegangen, bis ihn schließlich sämtliche Kräfte verlassen hatten, er stehen geblieben war, sich umgeschaut hatte und schon nicht mehr gewusst hatte, wo er war, an sich selbst hinabsah und nicht mehr wusste, wer er war, er, dort, nur ein Mann mitten in der Nacht, mitten auf der Straße, endlose Minuten, vielleicht Stunden, das kann man nie wissen, er, dort auf der Straße, ohne zu wissen, wo er war und wohin er sollte. Bis jemand auf ihn zugekommen war, fiel ihm jetzt ein, wo er auf der Bettkante saß und nicht schlafen konnte, ein Mann, vielleicht ein Obdachloser, das würde er nicht mehr herausfinden, jemand, der auf ihn zugekommen war und ihn irgendetwas gefragt hatte, ob es ihm gut ginge, vielleicht war das die Frage gewesen, oder ob er helfen könne, etwas in der Richtung, wer war dieser Mann nur gewesen? Ein Obdachloser? Wohl einfach jemand, der vorbeigekommen war, irgendjemand, und er selbst hatte versucht zu antworten, dass alles in Ordnung sei, es ihm gut ginge, und dann der Schrecken, dass es nicht ging, er nicht mehr sprechen konnte, als hätte er die Wörter soeben verlernt, verlernt, sich auszudrücken, als wäre ihm die Sprache entglitten und mit ihr sämtliche Möglichkeiten. Er hätte gern geantwortet, das stimmte, er hätte gern geantwortet, aber da war nur diese seltsame Stummheit gewesen, er hätte gern geantwortet, hatte es aber verlernt, dachte er, als er jetzt auf der Bettkante saß, er, der damals nichts mehr gewollt hatte, als etwas sagen zu können, irgendetwas, selbst wenn es nur die Bitte um Hilfe gewesen wäre, oder nur, um die eigene Stimme zu hören, selbst wenn es nur primitive gutturale Laute gewesen wären, eine Art Urstimme, die aus ihm hervorgedrungen wäre, mit fremdartigem Klang, unartikuliert, selbst wenn es eine überraschende Stimme gewesen wäre, aber die eigene Stimme war irgendwo in seiner Kehle verschwunden. Und wie er nun nach einer schlaflosen Nacht auf der Bettkante saß, nach so vielen Jahren, dachte er an diese Nacht und fragte sich, warum er sich ausgerechnet jetzt an diese Nacht erinnerte und an den Mann, der neben ihm gestanden hatte, einen Obdachlosen, vielleicht jemand, der zufällig vorbeigekommen war, der Mann, der ihn alles Mögliche gefragt hatte, auf jeden Fall lauter Dinge, die er nicht mehr hatte beantworten können, weil er nicht mehr über die Wörter dafür verfügt hatte, nicht einmal mehr über einen kehligen Laut, der aus seinem Rachen hätte hervorbrechen können, nicht mal mehr das. Er hielt den vorletzten Brief in der Hand wie eine Prophezeiung, von Anbeginn an eine Ankündigung. Und der Mann, der neben ihm gestanden hatte, vielleicht ein Obdachloser, der ihn alles Mögliche gefragt hatte, der Obdachlose, der nicht abgelassen hatte, wie ihm schien, immer und immer wieder dasselbe gefragt hatte, fast schon bedrohlich klingend, womöglich gewalttätig, auf das er hatte antworten wollen, aber nicht dazu in der Lage gewesen war, weil, sein Hals, die Wörter, weil, die Sprache. Der Mann war immer näher gekommen, hatte wieder und wieder dieselbe Frage gestellt, der Mann, der irgendetwas von ihm gewollt hatte, dachte er jetzt, ihm etwas hatte wegnehmen wollen, seine unzusammenhängenden und wirren Gedanken, er, der nichts hatte, der Obdachlose, der immer näher gekommen war, erinnerte er sich jetzt, als er auf der Bettkante saß, in dieser Nacht damals, als er mitten auf der Straße gestanden hatte, mitten in der Nacht, und er konnte sich rückblickend nur vage an alles erinnern, vielleicht hatte er das alles nur geträumt, dachte er, vage nur, eine Erinnerung, nur ein Traum, dachte er jetzt dort auf dem Bett, nach einer schlaflosen Nacht, nach so langer Zeit, eine schlaflose Nacht, und der Obdachlose, der sich ihm genähert hatte, und seine Erinnerung daran, sehr vage, vielleicht war es ein Obdachloser gewesen, vielleicht jemand, der vorbeigekommen war, gewaltbereit, er hatte überhaupt nichts gewusst, damals, der andere hatte irgendetwas gewollt, irgendeine Geste gemacht, und er selbst war sich sicher gewesen, er müsse sich von etwas befreien, zu seiner eigenen Verteidigung, hatte er damals gedacht, zu seiner eigenen Verteidigung, denn alles, was wir tun, ist zu unserer eigenen Verteidigung, nie einfach nur so, nie zufällig, nie nur ein Instinkt, nie nur der Augenblick des Wahns, sondern ist immer zu unserer eigenen Verteidigung, der Obdachlose, der sich genähert hatte, und diese plötzliche Reaktion, diese unerwartete Aggressivität, er hatte es nicht geschafft, oder vielleicht war er nur nicht mutig genug gewesen, immer ging es um Mut, dachte er, als er dort auf dem Bett saß, und er dachte an sich selbst damals mitten auf dieser abgelegenen Straße, war da Blut gewesen?, fragte er sich, wie oft hatte er sich diese Frage schon gestellt, war da Blut gewesen?, und jetzt saß er auf der Bettkante, Jahre später, jemand hatte geschrien, jemand hatte geweint, jemand war geboren worden, war es so gewesen?, fragte er sich, aber er wusste es nicht mehr. Wie hätte er es wissen können? Mut, man brauchte Mut, wollte man zulassen, dass

Erinnerungen aufstiegen und ihren Platz einforderten. Er erinnerte sich an die Straße und an die Lichter mitten auf der Straße, an die Nacht, daran, dass es mitten in der Nacht gewesen war, an mehr nicht, und wie er gerannt war und an eine bohrende Frage, an die Wörter, die Wörter, die sich auflösten, sobald er sie aussprach, aber jetzt saß er da auf der Bettkante, hatte die vergangene Nacht kein Auge zugetan und fragte sich, warum nur hatte er sich jetzt daran erinnert?, bruchstückhaft daran erinnert, irgendetwas fehlte immer, und die Erinnerung war eine einzige bohrende Frage. Stunden später war er nach Hause gekommen und hatte seine Frau in einer Ecke des Schlafzimmers gefunden, weinend, mit dunklen Augenringen, ihren weichen Körper, ihren Körper, der mit nichts zu vergleichen war; sie hatte in einer Ecke des Schlafzimmers gelegen, geweint, die Kleine hatte im Nebenzimmer geschlafen, und seine Frau hatte geweint, als sie ihn erblickt hatte, und die alles bestimmende Frage hatte gelautet, was war denn passiert? Diese Frage war immer wiedergekommen, seine Frau hatte ihn mit diesem Blick eines wilden Tiers angesehen, genau so hatte sie ihn angesehen, dachte er jetzt, als sähe sie ihn zum allerersten Mal, als sähe sie in ihm einen entstellten Mann, hatte er damals gedacht, und das dachte er auch jetzt noch auf der Bettkante im Schlafzimmer, in der Hand den Brief, dieser Blick eines wilden Tiers, der weiche Körper seiner Frau, die ihn gefragt hatte, warum, sein Schweigen, die unaussprechlichen Wörter, der wilde Blick, und er hatte sich genau so ins Bett gelegt, wie er war, dreckig, die Sachen noch an, nicht einmal die Schuhe hatte er ausgezogen, genau so, wie er gewesen war, schweigend, die Sachen noch an, und war eingeschlafen, einfach so, genau so, wie er gewesen war, er hatte sich hingelegt und war eingeschlafen, als hätte er sich völlig verausgabt, seine weinende Frau, das Kind, völlig verausgabt, und hatte geschlafen.

27. Januar

Liebster,

was könnte ich noch sagen? Jetzt, da ich alles gesagt habe? Jetzt, da alles zu Ende ist? Was sagt man, wenn alles zu Ende ist und der neue Tag anbricht und die Laken leer und kalt daliegen, wenn sonst nichts bleibt, nur die nackten Laken? Was sagt man danach? Denn selbst nach dem Ende gibt es etwas, das sich fortsetzt, pulsiert und fließt, so wie jetzt. Was geschieht in dem Moment danach, den es eigentlich gar nicht geben dürfte? Gibt es vielleicht doch ein Leben nach dem Leben, etwas, das nach dem Ende kommt? Etwas, das wir nicht gesagt haben, ein vergessenes Wort oder eine Gebärde, eine unterbrochene Geste, etwas, das die Kraft hat, uns zu verändern? Das Danach. Kann es ein Danach geben? Etwas, das das Ende hinauszögert, die nie endende Trennung? Das letzte Mal, diese mir ewig erscheinende Nacht, du schweigend neben mir im Bett oder hinter mir, du auf dem Sofa oder schon angezogen auf dem Weg zur Tür; das letzte Mal, du auf dem Weg zur Tür, schweigend, meine Hand, die deine sucht, etwas, das du nicht gesagt hast, das aber in mir zurückgeblieben ist und widerhallt, oder etwas, das unterwegs verloren gegangen ist; die Menschen und die Autos auf der Straße, deine Hand an meinem Arm und ihre Abdrücke darauf, oder, viel früher, die erste Geste, der erste Blick, etwas, das verloren gegangen ist, von dem ich aber wünsche, es wäre noch da, mir insgeheim wünsche, es wäre noch immer da, würde sich immer und immer wieder verlieren, wäre unwiederbringlich verloren, aber trotzdem noch da, nach allem, sogar nach dem Ende. Etwas, das die Kraft hat, uns zu verändern.

Ist die Trennung vielleicht genau das? Ich hier allein in dieser Wohnung? Ist die Trennung vielleicht ein Raum, der sich plötzlich öffnet, der Erdboden, der sich unvermittelt unter einem auftut, explosionsartig, und die Umgebung neu zeichnet, diesen Ort, an dem ich mich jetzt befinde? Oder ist die Trennung nur ein leerer Platz im Bett? Eine zuvor noch diffuse Abwesenheit, die sich jetzt materialisiert, dort neben mir im Bett, und mir gnadenlos ins Gesicht lacht, wenn die Nacht ins Schlafzimmer dringt? Ist sie vielleicht genau das? Und was, wenn ich dir sagen würde, dass es nicht so ist und die Trennung alles Mögliche sein kann, nicht nur der sich auftuende Erdboden oder die leere Hälfte des Betts, sondern alles Mögliche; was immer ich will, was immer wir wollen, und der Raum, der sich für dich geöffnet hat, könnte jeder nur denkbare Raum sein, sogar ein Warten, eine Kollision oder auch ein weißes Vakuum, ein Briefumschlag, ein Blatt Papier, auf dem ich diese Zeilen schreibe und mir etwas ausdenke, geduldig und vorsichtig, Tag für Tag, ein lockeres Gewebe aus Andeutungen und Fragen und Antworten. Es sind nicht nur die Briefe, die ich mir ausdenke, nicht nur diese Briefform, sondern auch noch eine andere Geschichte; die Geschichte von dem, der diese Briefe liest. Habe ich dir davon schon erzählt? Von dieser anderen Geschichte, dieser Figur, die ich mir ausgedacht habe, dieser Figur mit einem Leben, das so ganz anders ist als deins, jemand, der irrtümlicherweise diese an dich adressierten Briefe bekommt, aus Versehen oder aus Neugierde die für dich gedachten Zeilen liest und sich verändert. Jemand, der so ganz anders ist, mich aber liest, wie ich mir wünschte, von dir gelesen zu werden. Und warum das alles?, wirst du dich von Anfang an gefragt haben, und die Antwort lautet einmal mehr: Weil ich mir wünsche, dass es in mir und in meinen Worten etwas gibt, das dich erreicht und verändert, damit du mich liest und dich umdrehst und mir in die Augen siehst, und ohne dass wir es verstehen, verläuft dann zwischen uns ein Pfad, verläuft dann eine Brücke von dir zu mir.

Ja, die Trennung kann auch das sein, deine Lektüre meiner Briefe auf dem Sofa oder das, was ich mir als deine Lektüre meiner Briefe wünsche; eine Lektüre, die sich mit jedem dieser Tage verändert und eine andere wird, hab ich recht? Meine Anwesenheit. Die Kraft und Gegenkraft meiner Anwesenheit. Und ich glaube, etwas an diesem Mechanismus verärgert und überrumpelt dich, mit jedem Satz fühlst du dich entlarvt und denkst, wie kann sie nur hier weitermachen nach allem, was passiert ist? Du denkst, wie nur soll das jemand können, nach all dem, was passiert ist, nach dieser Nacht, nach dem Ende, dem Schweigen, der ins Schloss gefallenen Tür, wie kann das sein, dieses hartnäckige Bleibenwollen, dieser Starrsinn? Wie könnte man da zurückkehren und den Weg rekonstruieren wollen, den ich mit jedem Brief zurücklege? Diese nicht endende Trennung wollen? Darum sage ich dir ja, dass immer etwas übrig bleibt, auch nach dem Ende bleibt etwas übrig, hält sich beharrlich und kehrt zurück, irgendwo in diesem Raum, den ich schaffe, zwischen dem, was ich schreibe, und dem, was du liest; es ist eine Erwartung, dieses Etwas, das uns verändert. Wenn wir glauben, alles sei verloren, wenn wir glauben, alles sei vorbei, wenn uns überhaupt nichts mehr erreicht, bekommen wir die Gelegenheit, das unwiderruflich Verlorene wiederherzustellen und das herzustellen, was als Danach kommt. Denn Hass ist nie nur Hass; Hass ist nie ganz rein, nie unberührt, Hass ist nie nur eine Passion. Er ist etwas, das uns verrät; etwas, das übrig ist. Und was ich dir schreibe, diese Briefe, ihre Kraft und Gegenkraft, auch der Impuls, der zu ihrer Entstehung geführt hat, ist allein das; das, was übrig bleibt. Die Hoffnung, dass du dich umdrehst und mir in die Augen siehst.

Darum schreibe ich dir von hier, aus diesem entstandenen Raum, und stelle mir vor, wie du irgendwann durch die Tür kommst und ich auf dich zugehe, mit offenen Haaren und klackenden Absätzen, in meiner Vorstellung kommst du jeden Moment zur Tür herein. Die nicht endende Trennung. Es könnte zu jeder Tages- und Nachtzeit passieren. Du klingelst, läufst durch den Hausflur und steigst die Treppen hinauf. Du mitten auf der Straße. Ein Bann. Anziehungskraft. Aber warum erzähle ich dir das, könntest du dich fragen, und die Antwort ist: Weil der Hass nie nur eine Passion ist, und weil du mich liest, weil du mich weiterhin liest, bis heute, weil du jetzt diesen Brief in der Hand hältst, oder? Und ich würde dann sagen, vielleicht auch, weil es etwas sehr Schönes in mir gibt. Etwas Schreckliches und etwas Schönes. Etwas von dir, das in einem anderen Raum zum Vorschein kommt, in einer anderen Geschichte, ganz anders, und etwas, das du vielleicht nicht verstehst, das dir aber trotzdem gehört. Hast du daran schon mal gedacht? Dass es etwas geben könnte, das dir gehört, auch wenn du es gar nicht willst? Wie wäre das wohl, ein Mal zu tragen, ein unsichtbares Zeichen, das ich sehe und wiedererkenne und trage, dieses Etwas in mir, das mich weitermachen lässt, in dieser Erwartung, etwas, das uns verrät. Und ich sage dir, dass ich hier sein werde, wie jede Nacht. Etwas von dir, das ich verheimliche. Jede Nacht und die Wörter und die Erinnerung an die Wörter. Die Zeit dehnt sich aus, und ich erwarte dich, dann wirst du sie hören, meine Schritte im Flur, und ich die Klingel, und dann wirst du vor der Tür stehen, schweigend, einfach da sein, meine Absätze werden auf den Dielen klacken, meine schmerzenden Füße, die Riemchen.

Immer wenn ich dir gegenüber diesen Hass fühlte, wenn ich versuchte, etwas von dir in mir zu zerstören, war da gleichzeitig auch dieser andere Impuls, dieses Scheitern, ich hasste dich und hasste dich doch nie. Die nie enden wollende Trennung. Wenn du endlich zurückkämst, würde ich dich empfangen, dein Klingeln, meine Aufregung, und ich würde deine Hand nehmen, genau die, die der Faust, die der aufblühenden Rose, genau diese; ich würde deine Hand in meine Hände nehmen, zärtlich und liebevoll, würde die Tür schließen, deine Fingerkuppen küssen, eine nach der anderen, die Fingerkuppen, und dann, jetzt ganz nah vor dir, deine Stirn küssen, ganz leicht, deine Stirn, deine Wangen, deinen Mund, anfangs würden sich unsere Lippen nur leicht berühren, dann genau übereinanderliegen, du würdest deine auf meine pressen, und ich würde den Geschmack deines Mundes wiedererkennen, als wäre es erst gestern gewesen, den Geschmack deines Mundes und deine Hand in meinen Händen, wie ist das möglich?, könntest du dich fragen. Und ich antworte dir, es gibt da etwas extrem Schönes in mir.

Dieser letzte Brief und alles, was ich dir geschrieben habe, dient also nur dazu, dir zu sagen, dass ich dich empfangen würde, wenn du zurückkommen würdest, wenn du es wollen würdest, und dann würdest du, ohne es zu merken, eine Brücke zwischen uns errichten. Das ist alles. Ich würde dir keine Fragen stellen, nichts fordern, würde deine Hand küssen und dich ins Schlafzimmer führen, in dasselbe Schlafzimmer, in unseres, zu demselben Bett, erinnerst du dich, die entblößte Nacht. Das Zimmer der Nacht zuvor, des Kriegs und der verlorenen Schlachten; ich würde dich ins Schlafzimmer führen, zurückhaltend und ohne etwas zu sagen, und du würdest mit mir kommen und deinen Kopf in meinen Schoß legen, dein Kopf würde schwer in meinem Schoß liegen wie ein Stein, ich würde dir durch die Haare fahren, durch deine verwuschelten Haare. Und in diesem Augenblick wäre alles andere nicht mehr wichtig, der letzte Tag, die letzte Nacht, die Trennung, sogar die Briefe hätten dann ihren Sinn verloren, auch die möglichen Lesarten, diese andere Geschichte, die Worte, die ich dir schreibe, dieses Glossar kleiner Verführungen. Alles andere würde nicht länger existieren, und nur wir würden übrig bleiben, wir und das Vergessen und die Ruhe des Vergessens und der Niederlage. Dein Kopf in meinem Schoß. Ich würde mich nach vorn beugen und dir einen Kuss auf die Stirn geben, mein Liebling, ganz leicht würde ich deine Augen mit Küssen bedecken, deine tiefdunklen Augen; ich würde deine Brust küssen, deinen Hals und in meinem Mund den Geschmack deines Mundes schmecken, und ich würde in meinem ganzen Körper spüren, wir schnell die Zeit dahinrast. Und ich würde in diesem Augenblick verweilen, mich nach vorn beugen, über meinen Schoß, deinen Kopf darin, deine Finger zwischen meinen, deine Hände in meinen, ein Messer in meinen Händen, ein Messer, mein Liebling; und ich wäre dann über uns gebeugt, etwas würde verheilen, zur Ruhe kommen, ein Messer, etwas extrem Schönes in uns, die nackten Laken, meine offenen Haare, ein Lächeln, das Kleid, das dir so gefiel, meine Haut, deine Lippen, der Geschmack deines Mundes.

Und du, fügsam und ergeben, würdest dich fragen, wie war das nur möglich, all diese Liebe? Wie war das möglich?

A.

IX.

Die Schlaflosigkeit setzte sich fort. Es war die zweite Nacht ohne Schlaf. Schlaf kam ihm jetzt vor wie ein unbekannter Luxus, dabei hatte er ihn so viele Jahre besessen, die Nächte, die sich in seiner Erinnerung aneinanderreihten und ausbreiteten. Lärmende Schritte. Abwarten. Erschöpft und zugleich hellwach war er am Morgen hochgeschreckt. Er war am Morgen hochgeschreckt, hatte sich Bermudas, ein T-Shirt und seine Flip-Flops angezogen und war nach unten gegangen. Nicht mal auf den Fahrstuhl hatte er gewartet, sondern hatte die Treppe genommen, von deren vielen Stufen er sich zwar benommen fühlte, die er aber glaubte, bewältigen zu können. Er rannte die acht Etagen nach unten. Er kaufte weder die Zeitung, wie sonst am Wochenende, noch ging er kurz zum Supermarkt, wie er es eigentlich immer machte, sondern direkt zum Briefkasten, und sie war da gewesen, wie er es erhofft hatte, er hätte die Nacht über Wache halten können, die ganze Nacht über dort sein können, um auf sie zu warten, auf ihre schnellen Schritte, ihren schmalen Körper und ihre entweder zu einem Knoten hochgesteckten oder zusammengebundenen Haare, darauf, wie sie näher gekommen wäre; gerade diesmal hätte er unbedingt die ganze Nacht über dortbleiben sollen, aber nein, er hatte sich in seine Wohnung im achten Stock eingeschlossen und hellwach in seinem Bett gelegen. Die ganze Nacht über hatte er gewusst, dass sie immer näher kam, noch einmal das Gebäude betreten, den Hausflur durchqueren und zum Briefkasten gehen würde, um einen Umschlag durch den Schlitz einzuwerfen, mit seiner Adresse und einem fremden Namen darauf. Und jetzt, am Morgen, war er noch da, der letzte Brief, und auch ihre Anwesenheit war noch nicht ganz verblasst.

Erst in der Wohnung öffnete er den Brief, zuvor hatte es eine Ewigkeit gedauert, bis der Aufzug endlich gekommen war, nun beendete der blaue Umschlag seine Suche und sein Warten. Eine ganze Nacht ohne Schlaf. Im Fahrstuhl hatte ihn jemand gegrüßt, er war stumm geblieben, hatte zu Boden geschaut und nicht einmal gelächelt, als könnten jede Geste und jedes Wort diese so zerbrechliche Verbindung, diese seltsam begonnene Kommunikation zerstören. Ihm nehmen, wovon er jetzt zehrte. Als könnte jedes beliebige Wort alles kaputt machen. Die Nähe, die sich ausgeweitet hatte, in der wach gelegenen Nacht, während seines Wartens. Die Nähe, dachte er, während der Schweiß seiner Hände auf dem Umschlag Flecken hinterließ, die Tinte von seiner Adresse an den Fingern haftete, die Tinte von einem anderen Namen. Er stieg aus dem Aufzug aus, ging in seine Wohnung, schloss die Tür hinter sich und hatte das Gefühl, jetzt in Sicherheit zu sein, gleichzeitig aber die Angst, jemand könnte hereinplatzen, in diesem Augenblick, ihn jäh unterbrechen, die eindringende Nacht und wovon er jetzt zehrte, ohne schlafen zu können. Er legte die Schlüssel auf den Tisch, hielt den Umschlag in der Hand, öffnete ihn vorsichtig, setzte sich auf den erstbesten Stuhl und blieb dort sitzen. Der geöffnete Brief, der über den Tisch verteilt dalag und Raum einnahm. Der geöffnete Brief und mit ihm die verstreichende Zeit, dort, neben ihm auf dem Tisch, die Zeit, die näher kam und ihn drängte, ohne je ganz an ihn heranzukommen.

Und als er den Brief endlich las, gab es zum ersten Mal in den letzten Tagen etwas, das seins war. Es war, als wäre sie plötzlich woanders, als käme ihre Stimme aus einer anderen Richtung, als wäre der Wind ein anderer; sie, die zum ersten Mal zu ihm sprach, tatsächlich zu ihm, sodass er nicht länger nur ein Irrtum war, der Brief nicht mehr etwas, das er sich zu Unrecht zu eigen gemacht hatte. Sie hatte ihm geschrieben und ihm die Hand gereicht. Sie wartete auf ihn. Nicht wie seine Exfrau, nicht wie Fabiane, nicht wie die anderen, die in sein Leben gekommen und wieder gegangen waren, und auch nicht wie Manuela, seine erst dreijährige Tochter, nicht wie alle anderen um ihn herum, die etwas von ihm wollten, nein, sie hatte einen anderen Gestus, eine andere Gabe; sie wartete auf ihn und reichte ihm die Hand, dachte er, sie reichte ihm die Hand, trotz allem, trotz der schlimmsten Verbrechen, der verlorenen Schlachten, der vielen verlorenen Schlachten; sie reichte ihm die Hand, einfach so, ohne im Gegenzug etwas von ihm zu wollen, wie war das möglich? Weil er es war, dachte er, weil er es war und kein anderer, weil er kein Fremder oder ein Schauspieler mit bestimmten Ähnlichkeiten war, nicht irgendjemand. Und hätte er jetzt in den Spiegel geschaut, hätte er sich wirklich sehen können, da war er sicher; hätte er in den Spiegel gesehen, wäre sein Gesicht ein völlig neues gewesen, das Gesicht von jemandem, der die letzten Nächte wach gelegen hatte. Sein Gesicht am Morgen. Er, der sonst immer so gut geschlafen hatte. Er, der sich gerade veränderte, in dem sich etwas veränderte und zum Vorschein kam, ein anderes Bild. Sein Gesicht. Wie war das möglich?, fragte er sich. Wie war diese Richtung möglich? Ohne dass sie es geahnt hätte, weitete sich all das aus. Die geschwungene Schrift auf dem Umschlag, der Füllfederhalter, das nostalgische Gefühl der Tinte an seinen Fingern, eine ganze Vergangenheit, sie, die jede x-beliebige Frau hätte sein können, irgendeine Frau, die an ihm vorbeigelaufen war und ihn angelächelt hatte, als er da vor der Post gestanden und auf der Straße gewartet hatte. Und er nur irgendein Mann, der auf sie gewartet hatte. Aber nein, sie war die ganze Zeit da gewesen. Er stellte sich diese sehr schmale Frau vor, beinah hauchdünn, größer durch die Absätze ihrer Schuhe, mit dem Kleid, das dem anderen so gefallen hatte, die jetzt so zerbrechliche Frau, die ihm die Hand reichte. Die Zeit verging. Die schlanken Finger, die Tinte, die Spucke, mit der sie den Umschlag zuklebte, etwas Nostalgisches, ein Sekret. Und gleichzeitig war da etwas, das ihn ängstigte. Der Brief. Und diese so zerbrechliche Frau. Wie war das möglich?, fragte er sich.

Er blieb auf dem Stuhl sitzen, vermied jede Gebärde und jede Geste, alles, was das Offene des Augenblicks und den Bann hätte zerstören können. Und allmählich fühlte er etwas, das anfing, ihm zu gehören. Er spürte in diesem Brief etwas, das seins war; da war nicht länger nur der Name einer anderen Person, nicht länger nur das Geheimnis eines anderen, eine Erklärung für jemand anderen, sondern etwas, das an ihn gerichtet und seins war. Er spürte, dass seine Augen ihm nicht gehorchten, sein Blick in alle Richtungen schweifte, er fühlte eine so starke und nicht zu bändigende Sehnsucht, denn die Dinge geschehen einfach, ohne dass wir eine Ahnung haben, aus welcher Richtung sie uns ereilen.

Er dachte, er müsse endlich etwas tun. Nicht länger das Schnellrestaurant oder der Kaffee oder der Film oder das Antiquitätengeschäft oder die Post, nicht länger dieses Warten und die Stille, sondern etwas Echtes. Endlich etwas Echtes, dachte er – und griff zum Telefon.

Die Eigentümerin der Wohnung hatte ein Haus außerhalb der Stadt, man sah sie so gut wie nie. Die Wochenenden verbrachte sie immer in den Bergen. Er hatte sie nur bei der Schlüsselübergabe gesehen. Sie war eine Frau mit roten, schön zurechtgemachten Haaren. Damals hatte sie einen Hosenanzug und verschiedene Armreifen und Ringe getragen. Eine kultivierte Dame, die ihn an seine Schwiegermutter erinnerte, und daran, wie auch seine Exfrau in fünfzehn oder zwanzig Jahren aussehen würde, eine kultivierte Dame. Er warf einen Blick auf den Umschlag, der ihm in diesem Augenblick wie ein seltsamer Gegenstand vorkam. Der Brief, der ausgebreitet auf dem Tisch lag. Die Briefbögen, alles so nostalgisch, er, der sich nach dem Umzug noch nicht einmal fertig eingerichtet hatte, noch in einer leeren Wohnung voller Umzugskisten saß. Und dann diese kultivierte Dame. Sie klang überrascht am Telefon, an einem Sonntagmorgen, um diese Uhrzeit, hätte das denn nicht bis Montag Zeit gehabt?, aber er erklärte, es sei dringend, und rang nach Worten, die ernst genug erschienen, bedächtig und eloquent, denn was konnte so unaufschiebbar sein, dass er so früh an einem Sonntagmorgen anrief? Er hatte das Gefühl, Verärgerung aus ihrem bemüht freundlichen Ton herauszuhören, entschuldigte sich noch einmal, sprach von dem Brief, von einer Übergabe, von einem dringenden Brief, ob das denn nicht der Name des Vormieters sei? Ja, das sei er, antwortete die Dame am anderen Ende in ihrem Haus in den Bergen überrascht. Also, jemand, der nicht wusste, dass er ausgezogen war, hatte dem Vormieter einen Brief geschrieben, der sehr dringend war, einen Brief, das fand die Eigentümerin seltsam, einen Brief, und das an einem Sonntagmorgen; ja, da haben Sie recht, sagte er, da sehen Sie, wie dringend es ist, fügte er hinzu und fühlte sich lächerlich dabei, da sehen Sie es, sagte er und fühlte sich beinah kindisch. Manuela würde ihn vom Sockel ihrer drei Jahre herab nur wieder enttäuscht ansehen. Am anderen Ende herrschte kurz Stille. Und was soll ich jetzt Ihrer Meinung nach tun?, antwortete sie schließlich. Nichts, sagte er, ich bin nur besorgt gewesen. Da spürte er ihn wieder, Manuela und ihren unerbittlichen Blick. Es ging also um etwas wirklich Wichtiges?, ja, dachte er, und wenn es nun wirklich sehr wichtig war?, und sagte das auch, ohne lügen zu müssen, und dachte, ja, es war wahnsinnig wichtig, weshalb er sich in einer so absurden Situation befand, sich fast schon kindisch verhielt, um diese Uhrzeit an einem Sonntagmorgen, wieder das Bild von dem ihn streng beobachtenden kleinen Mädchen; ich kann da leider gar nichts tun, sagte sie schließlich, die kultivierte Dame. Aber ich, sagte er, ich kann anrufen und Bescheid geben, sagte er, und versuchte, möglichst gleichgültig zu klingen; Manuela war immer so abfällig, wenn sie erst einmal fünfzehn war, würde dieser Zug an ihr längst erschreckende Ausmaße angenommen haben, aber warum musste er ausgerechnet jetzt daran denken?, fragte er sich; ich könnte ihm den Brief bringen, wenn es nicht zu weit entfernt ist, fügte er vorsichtig hinzu, die kultivierte Dame wirkte überrascht, das würden Sie tun?, natürlich, sagte er fast glücklich, natürlich würde ich das tun, jemand, der so ganz anders war, der auf ihn wartete und ihm die Hand reichte und vieles mehr, dachte er, sagte aber nur, ja, dass er dem Vormieter Bescheid geben würde, gut, dann würde Sie ihm die Telefonnummer geben, nein, das ging doch nicht, die Telefonnummer hatte sie nicht dabei, die stand in dem anderen Notizbuch, das hatte sie in der Stadt gelassen, sagte die kultivierte Dame in ihrem Haus in den Bergen. Wieder entstand eine Pause, er sagte nichts, jemand erwartete ihn, zum ersten Mal, und er fühlte, wie er mit jedem Wort zu verlieren drohte, was er gerade erobert hatte. Dann schlug sie vor, ich habe die Adresse, wenn es Ihnen also nichts ausmacht … Er ließ ein paar Sekunden verstreichen, um Zeit zu gewinnen, dann könnte ich vorbeifahren, wenn es nicht zu weit entfernt sei, sagte er und hatte riesige Angst, dass es das war, sehr weit entfernt, und die Zeit, die ihn drängte, da sagte sie, nein, es sei ganz in seiner Nähe, er lächelte, es war lange her, dass er gelächelt hatte, ganz in seiner Nähe, wiederholte er in Gedanken, manchmal war es ganz einfach, manchmal lagen die Dinge ganz nah, jemand erwartete ihn, und in seinem Kopf wirbelte alles durcheinander. Wie war das möglich? Aber er sagte, ja, natürlich, ich fahre vorbei und gebe den Brief beim Portier ab; die Eigentümerin war zufrieden, schön, das ist sehr freundlich von Ihnen, kultiviert war sie und sagte abschließend, heutzutage machen sich die meisten Leute ja gar keine Gedanken mehr um andere, genau das sagte sie, da oben in den Bergen, die meisten sind so egoistisch, na, aber was erzähle ich Ihnen da?, das wissen Sie ja selbst, er lächelte, seit einer Ewigkeit zum ersten Mal, er stimmte ihr zu, das ist ein Klacks für mich, wo es doch ganz in der Nähe ist, der Brief auseinandergefaltet vor ihm auf dem Tisch, der blaue Umschlag, ich fahre gleich vorbei, wenn ich mich auf den Weg mache und meine Tochter abhole, die Kleine war ihm gegenüber so kühl, aber das war jetzt nicht wichtig, ich gebe den Brief beim Portier ab. Nein, das macht mir gar nichts aus, und sie sagte, dabei sind die meisten so egoistisch, denken nur an sich, wieder stimmte er zu, hatte Angst, sie könnte es sich anders überlegen, die Adresse, das Warten, immer dieses Warten, jemand reichte ihm die Hand, die Leute, und dann diese Gewalt, das wurde ja immer schlimmer, ja, da haben Sie recht, das wird immer schlimmer, die kultivierte Dame, diese Gewalt heutzutage, setzte sie wieder an, darum, wenn dann plötzlich jemand anrief, wie er vorhin, ja, natürlich, das könne er verstehen, sagte er und dachte, dass die Zeit dränge, dachte an die Verbrechen und an die Schlachten und an das, was seins war, etwas, das er erobert hatte, und in diesem Gespräch am Telefon, die Dame da am anderen Ende in den Bergen, er als Verwalter einer gewaltigen Kraft, der gerade eine Verwandlung durchmachte, etwas noch Unvollendetes, das hatte er im Gefühl, und wenn auch nur für diesen kurzen Augenblick, diese Macht, er war unruhig, er schwitzte an den Händen, aber er ließ sich ihr gegenüber in ihrem Haus in den Bergen nichts anmerken; es gab etwas, das ihm gehörte. Und er dachte wieder an Manuela, an ihren strengen Blick, und das Telefonat wollte kein Ende nehmen, zu dieser Stunde an einem Sonntagmorgen. Die kultivierte Dame.

Als er endlich auflegte, hatte er einen Zettel in der Hand, endlich, die Adresse und die vielen Möglichkeiten, und steckte ihn in die Hosentasche und verließ die Wohnung. Genau so, wie er war, mit Bermudas, Flip-Flops, T-Shirt, ungekämmt und mit noch immer zerknittertem Gesicht von der schlaflosen Nacht. Er rannte die Treppe hinunter. Die Adresse steckte in seiner Hosentasche, in der Hand hatte er einen Packen Briefe, neun Briefe, einen pro Tag. Die blauen Umschläge. Die geschwungene Handschrift. Er nahm den Wagen, die Aufregung breitete sich in ihm aus. Die Adresse stand auf dem Zettel in seiner Hosentasche. Die ganze Zeit über hatte er nie überlegt, was er tun würde, wenn es so weit wäre, wenn es endlich so weit wäre. Was er sagen würde zu dem Packen geöffneter Briefe in seinen Händen, den gelesenen und abgegriffenen Briefen. Er fuhr weiter und dachte eine Zeit lang an gar nichts. Die Straßen waren leer an diesem Sonntagmorgen. Er könnte das alles auch einfach vergessen, etwas, das sich so plötzlich ereignet hatte und das er schnell wieder vergessen könnte, aber das wollte er nicht, er wollte in einem Gebäude ganz in der Nähe mit dem Aufzug nach oben fahren oder die Treppen hinauflaufen, nicht mehr als fünf bis zehn Minuten entfernt, hatte die Frau am Telefon gesagt, und er klingelte und stand da, den Packen Briefe in den Händen, schaute dem Mann in die Augen, der ihm auf der anderen Seite des Türrahmens gegenüberstand, als würde er in einen Spiegel schauen, sehr aufmerksam, als sähe er etwas Unerwartetes an dem anderen, als dieser die Briefe betrachtete, die Handschrift, als dieser die geöffneten Umschläge und gelesenen Briefe sah. Was würde er sagen? Dass es ein Versehen gewesen war? Er aus Versehen neun Briefe geöffnet hatte? Weil die Dinge einfach so geschehen, die echten Dinge, zu seinen Gunsten, er würde sagen, die Briefe gehörten ihm, sie würden jetzt ihm gehören, das würde er sagen und es wäre keine Lüge. Er würde nach ihrer Adresse fragen, der Adresse, die nie auf den Briefen gestanden hatte, und nach ihrem Namen, der bislang nur aus einem Anfangsbuchstaben bestanden hatte. Er würde zu Recht sagen, es seien seine, sie würden jetzt ihm gehören, und der Mann auf der anderen Seite, der wie ein Spiegelbild war, was würde er sagen? Jemand, der gegangen war, was war dieser Mann anderes als jemand, der gegangen war; jemand, der abgehauen war, mitten auf der Straße davongelaufen war, noch in der Morgendämmerung, aber nicht er, er würde bleiben, er war da, die geöffneten Briefe in den Händen, jetzt in seinen Händen, er würde sie zeigen, würde zeigen, was jetzt seins war, denn sie erwartete ihn, wartete auf ihn, und er wäre es, der sich in ihren Schoß legen würde, nach der Schlacht seinen Kopf in ihren Schoß betten würde, schwer wie ein Stein, und das würde er sagen und sich in dem anderen ansehen wie in einem Spiegel und jemandem entgegenblicken, der sich endlich wirklich sieht und sich wiedererkennt. Er würde sagen, sie gehörten ihm, diese ganzen Tage, diese Worte, dass er sie in der ganzen Stadt gesucht hätte, er hätte sie gesucht, er, die Wohnung, den Film, eine Tasse Kaffee, alles, was ihm gehörte. Und wenn er den Mann auf der anderen Seite der Tür wachsam anschauen würde, würde er darum niemanden sehen. Er würde klingeln, die Tür würde sich öffnen und da wäre niemand.

Als der Mann dann schließlich die Tür öffnete, war das dort auf der anderen Seite nicht er, das war nicht sein Spiegelbild, dachte er als Erstes überrascht. Der Mann auf der anderen Seite trug eine Jeans und ein T-Shirt, war ein ganz gewöhnlicher Mann, ein Mann wie tausend andere. Und dieser Mann schaute ihn nicht besonders freundlich an. Schließlich stand er dort, um diese Uhrzeit, und das an einem Sonntagmorgen. Was sind das für Briefe?, fragte er recht ruppig. Er hatte schon an der Sprechanlage erklärt, wer er war und in wessen Namen er da war, die Eigentümerin hatte … die Adresse und die Dringlichkeit, dieses Etwas, das ihn erwartete, einen kurzen Augenblick stand er reglos da, als wüsste auch er selbst keine Antwort; was für Briefe sind das?, fragte der Mann erneut. Die Briefe, die schwer in seiner Hand lagen. Er reichte dem Mann einen, gab ihm einen Umschlag. Nur einen. Der Mann nahm den Umschlag und untersuchte ihn neugierig, und gleichzeitig konnte er eine gewisse Gereiztheit nicht verbergen, der Umschlag war geöffnet, die Briefe einer anderen Person, einfach geöffnet. Sein Blick war misstrauisch und verächtlich. Der Mann überprüfte die Adresse und den Absender, faltete den Brief auseinander, hielt den Brief wie einen Fremdkörper in der Hand, den ersten Brief, der Zeitpunkt war jetzt schon ein anderer, die Hände, die ihn jetzt hielten, waren andere, die eigentlichen, immer da gewesen, ob es das gab?, überlegte er. Der Mann las den Brief an Ort und Stelle, recht hastig, las ihn vor seinen Augen, als würde er in einen Spiegel sehen, dachte er. Der Mann, der da vor ihm stand und die Worte las, die er auswendig konnte, die

Pausen und Auslassungen. Er beobachtete jede Geste und jede Veränderung der Mimik, so geringfügig sie auch sein mochten, jedes Detail, das den Mann verriet. Er beobachtete die Hände des Mannes, die Finger, die den Brief hielten, als hätten sie irgendeine bestimmte Bedeutung, und die hatten sie auch, dachte er, der jede Zeile und jeden noch so kleinen Raum zwischen den Zeilen gelesen hatte und kannte. Und während der Lektüre war es, als stünde die Welt still, als sei sie noch nicht erschaffen, während der Lektüre war noch alles möglich, die Lektüre war der Augenblick, der noch nicht gekommen war. Er spürte, wie sein Atem schneller ging. Sein eigener? Oder der des anderen? Wie sich der ganze Körper zusammenzog, der ganze Körper, der wartete.

Und als der andere den Brief zu Ende gelesen hatte, existierte alles auf einmal wieder.

«Was hat das zu bedeuten?» Der Mann hielt ihm den Brief hin, den Umschlag, als würde er die Frage damit noch unterstreichen wollen.

Er rührte sich nicht, wusste nicht, was er darauf antworten sollte. Dann sagte er:

«Es ist ein Brief.»

«Ja, das sehe ich, dass es ein Brief ist.»

«Ja …»

«Was hat das zu bedeuten?» Der Mann klang ungeduldig. «Soll das ein Scherz sein?»

Da beeilte er sich zu sagen:

«Nein, natürlich nicht.»

Der Mann schaute ihn misstrauisch an. Er selbst versuchte, sich zu erklären:

«Aber sind das nicht Sie? Ihr Name steht doch auf dem Umschlag …»

«Natürlich bin ich das. Aber diese Briefe sind nicht für mich. Im Übrigen sind es Briefe, die Sie schon geöffnet, gelesen und was auch immer Sie sonst noch damit gemacht haben, nicht wahr?»

«Ja, das stimmt, bitte entschuldigen Sie, ich …»

«Keine Sorge, bei mir müssen Sie sich nicht entschuldigen. Das sind nicht meine Briefe. Und überhaupt habe ich nicht die geringste Ahnung, wer das sein soll, diese Frau.»

Er schaute sich den Brief noch einmal ganz genau an:

«Der hat ja noch nicht mal eine richtige Unterschrift.»

«Das stimmt.»

«Und wenn man genau hinsieht, taucht mein Name auch im Brief nicht auf, nur auf dem Umschlag, oder steht er in den anderen Briefen?»

«Nein, das tut er nicht.»

«Na also.»

Er wusste nicht, was er sagen sollte.

«Wollen Sie sich denn die anderen gar nicht ansehen?»

«Nein. Wozu? Ich habe doch gerade gesagt, dass die Briefe nicht für mich sind.» Und er klang jetzt wirklich schroff und verärgert.

Dann sagte er beschwichtigend:

«Hören Sie, das muss ein Scherz sein, irgendein Jux, was weiß ich.»

«Ein Scherz?»

«Ja, keine Ahnung, da hat sich wohl jemand einen Scherz mit Ihnen erlaubt.»

«Mit mir?»

Der Mann nickte.

Er aber ließ nicht locker:

«Und Sie sind sich sicher, dass die Briefe nicht für Sie bestimmt sind?»

«Absolut.»

«Aber diese Frau, die kennen Sie doch, oder?»

«Nein.»

«Aber haben Sie denn gar keine Ahnung, wer das sein könnte? Sie haben ja bisher nur den ersten Brief gelesen, wenn Sie auch noch die anderen lesen würden, dann, also, ich bin mir sicher, dass Sie dann vielleicht ...»

Was vorher nur Ungeduld gewesen war, schlug jetzt in Aggressivität um.

«Sind Sie vielleicht schwerhörig? Ich habe gesagt, ich kenne diese Frau nicht, ich habe keine Ahnung, wer sie ist, ich habe sie nie gesehen, und sie interessiert mich auch nicht, ich habe absolut keine Ahnung. Und ich habe Besseres zu tun, als diesen Packen Briefe von irgendeiner Verrückten zu lesen.»

Er stand da und starrte durch den Mann hindurch.

«Hören Sie zu, es tut mir sehr leid, aber ich habe wirklich anderes zu tun. Sie sind extra hierhergekommen, ich habe Sie hochkommen lassen, alles erklärt. Ich danke Ihnen für Ihr Bemühen, alles gut, aber jetzt muss ich reingehen.»

«Ja, natürlich ...»

«Hier ist Ihr Brief, hören Sie, das muss ein Scherz gewesen sein.»

«Ein Scherz, ja klar, so muss es sein.»

Der Mann schloss die Tür, und er selbst blieb noch eine Weile dort stehen, die Tür hatte man ihm vor der Nase zugeschlagen. Als gäbe es noch eine Chance, als könnte der Mann seine Meinung noch einmal ändern, sich doch noch an etwas erinnern oder ihm zumindest einen Anhaltspunkt geben, ein Detail. Er fühlte sich bleiern, die Erschöpfung zeigte sich erst jetzt. Die eigenen Gedanken, wie schwer sie Form annahmen, noch bevor ein Satz oder eine Absicht aus ihnen werden konnte, waren sie schon verschwunden. Irgendwann gab er auf. Er brauchte all seine Kraft, um sich umzudrehen und sich, ganz langsam, in Richtung Fahrstuhl zu wenden. Den Packen Briefe in den Händen. Den Packen geöffneter Briefe, die blauen

Umschläge, all diese Tage, die ganzen letzten Tage, und jetzt, von einem Moment auf den anderen war es, als hätte er jeglichen Sinn verloren, alles, was er ihnen an Bedeutung beigemessen hatte. Die letzten Tage ohne Schlaf. Und jetzt nicht einmal mehr das, nicht einmal mehr das Warten.

Unterdessen draußen auf den Straßen die Leute mit ihrer Zeitung und der eben gekauften Milch und dem frischen Brot.

Er bewegte sich ganz langsam. Die Fahrstuhltür öffnete sich, er stieg ein, drückte einen Knopf, stieg aus, ging weiter, ohne nach rechts oder links zu sehen, am Portier vorbei, durch die Drehtür hindurch und hinaus. Auf der Straße dann der Lärm von Autos und Menschen. Das Gewirr eines Sonntags, der endlich erwachte. Er lief weiter, als würde er sie nicht hören oder als würden die Geräusche ihn nur gedämpft erreichen, der Packen geöffneter Briefe wog schwer in seinen Händen, die Schritte waren mühsam, die Schritte, die immer langsamer wurden. Auf seinem Gesicht zeichnete sich eine Grimasse ab, eine Vene pochte und die Haare klebten ihm auf der Stirn, um diese Zeit am Morgen, zu dieser Stunde, die nie aufhörte. Er trug die Briefe, das Warten der ganzen Woche, die Schlaflosigkeit der letzten Nächte, etwas, das sich auflöste, dort in seinen Händen. Die Briefe und etwas, das sich auflöste und sich entfernte. Die Umgebung, die Autos und der gedämpfte Lärm der Autos, und die Menschen und die gedämpften Geräusche der Menschen und wieder die Autos und die Menschen um ihn herum, und das alles um ihn herum, in einem Kreis, einer Drehung, um diese Zeit am Morgen. Wie war das möglich? Diese Dringlichkeit. Wie war das möglich? Diese Begegnung, dieser Kampf.

Und er fragte sich, wie war das nur möglich?